내 작은 공간

전규집 수필집

초판 발행 2017년 2월 13일
지은이 전규집
펴낸이 안창현 **펴낸곳** 코드미디어
북 디자인 Micky Ahn **교정 교열** 백이랑

등록 2001년 3월 7일
등록번호 제 25100-2001-5호
주소 서울시 은평구 갈현로 318-1 1층
전화 02-6326-1402 **팩스** 02-388-1302
전자우편 codmedia@codmedia.com

ISBN 979-11-86104-52-1 03810

정가 12,000원

내 작은 공간

전규집 수필집

여는 글

등단의 문을 두드린 지 20여 년의 세월이 흘렀습니다.

세월은 활시위를 떠나 과녁을 향해 날아가는 화살과 같아서 참 빨리도 지나갑니다. 많은 문우들의 소중한 작품집을 받을 때마다 언젠가는 저도 보답해야 되지 않을까 생각했지만 엄두를 내지 못한 게 사실이었습니다. 늘 설익은 글들을 내놓기가 자신이 없었습니다.

여리박빙한 제 자신의 삶의 일부를 서투른 글로 잡아내기란 그리 쉬운 작업이 아니었습니다. 공직자로서의 근무에 최선을 다하면서도 문인으로서는 직무유기를 한 것입니다.

글다운 글을 쓰지 못해서 늘 자괴감에 시달려 불안하고 빚을 진 것 같아 많이 아파했고 내 안의 생각들을 글로 풀어내는 일이 그리 녹록치 않았습니다.

점점 사위어 가는 문학에 대한 감성과 열정이 안타까워 밤마다 사유의 세계에서 방황하기도 했습니다. 문학이란 진지하게 삶을 사유하는 과정으로 끝없는 "왜"라는 질문이지 "이다"라는 결론이 아닐 것입니다.

주춧돌을 놓아야 건물을 지을 수 있다는 생각에 용기를 냈습니다. 그동안 여러 동인지에 발표했던 글들을 묶어 한 권의 책을 내겠다는 생각이 들었습니다.

　40여 년의 공직의 무거운 짐들을 내려놓을 즈음, 앞으로 제가 새로운 삶을 채워야 할 그릇을 비워놓기 위해선 지나간 편린들을 정리해야 된다고 생각했습니다.

　시 속에 말하지 못한 언어가 숨어있다면 수필의 행간에는 미처 답하지 못한 마음이 숨어있어 남겨 둔 여백에 독자분들의 생각을 담아내시길 기대합니다.

　특히, 기꺼이 '버려야 나아갈 수 있다'는 충고와 용기를 북돋워 주신 한국문협 지연희 수필분과회장님과 부족한 글들을 아름답게 엮어주신 코드미디어 안창현 대표님께 깊은 감사를 드립니다.

　그동안 저를 아껴주시고 사랑해주신 모든 분들에게 고마움을 전하며, 늘 곁을 지켜준 아내와 아이들을 사랑합니다.

2017년 초 전규상 배상

Contents

1부

따끈한 삶을 위하여

❀

2부

넥타이 매듭

Contents

3부

형님의 가을

4부

어느 촌로의 바람

❀

따끈한 삶을 위하여 살가운 애정을 아내에게 더 가져야 되지
않을까 싶습니다. 어색한 포옹이라도 한번 해 주어야겠습니다.

－「따끈한 삶을 위하여」에서

1

따끈한

삶을

위하여

따끈한 삶을
위하여

차창 밖으로 비치는 풍경이 사뭇 싱그럽습니다. 가냘픈 바람에도 진록의 초목들이 우쭐우쭐거립니다. 푸르름은 늘상 맘을 열게 하고 설렘마저 줍니다. 그래서인지 이른 새벽인데도 영동고속도로의 차량 행렬이 부산합니다. 강원도인재개발원에 실시하는 교육을 이수하기 위해 춘천으로 가는 길입니다. 새벽잠을 설친 탓인지 주행 중에 과속하기 일쑤입니다. 가끔씩 무인카메라 단속에 놀라 급브레이크를 밟아 보지만 그때뿐입니다.

요즈음은 차량마다 내비게이션을 설치하여 길 안내는 물론이고, 주행 중 감시카메라 위치까지 알려줍니다. 나는 고지식하여서인지 내비게이션도 없을뿐더러 자동차 기어도 수동식을 고집하고 있습니다.

그래도 길게 이어지는 차량들 틈에서 목적지까지 가는 데 별다른 불편을 느끼지 못합니다. 때론, 규정 속도보다 과속도 하지만 법규 위반 스티커를 받은 기억은 별로 없습니다.

좀 이른 탓인지 춘천으로 가는 도로로 들어서니 좀 한산한 편입니다. 여유롭게 아침풍경을 즐기는 사이 두어 시간 남짓 달렸을까. 춘천 톨게이트에 다다라 차창을 내리고 요금 계산을 하려는데 밤꽃 향기가 진동합니다. 차 안으로 밀려드는 꽃 내음이 끈적끈적해집니다. 기분이 야릇해집니다. 브레이크를 밟고 있던 발에 힘이 풀린 탓인지 미끄러지는 차창 밖으로 거스름 동전 몇 개를 떨어뜨립니다. '오뉴월 잘 익은 보리를 디딜방아로 찧던 새색시가 지난밤 맡았던 밤꽃 향기에 취해 헛디딘 발을 찧었다'는 어느 작가의 글귀가 떠오릅니다. 춘천 고속도로 옆 산허리 가득 밤나무 꽃들이 아내의 얼굴로 오버랩 됩니다.

오늘 새벽 현관문을 나서려는데 웃는 아내 눈가로 가는 주름이 묻어 났습니다.

"뭐 잊은 거 없수?" "없어. 갔다 올게요." 하면서 구두 앞쪽을 '탁탁' 찧으면서 신발 끈을 고쳐 맨 후 '쾅'하는 문소리만 남긴 채 출발을 하였습니다. 밤나무 한 그루 제대로 피워내지 못하는 범부가 흔한 입맞춤이라도 가볍게 해 주고 올 걸 하는 아쉬움이 남습니다. 애정의 표시에 대한 무덤덤한 평소 성격 탓이랄까. 분위기라곤 전혀 파악 못하는 무심한 한 사내의 어눌한 처세술입니다. 크게 자본이 들어가는 것도 아니고, 희생이 강요되는 것도 아니런마는 아내에게 또 한 컷의 빚을 진 셈입니다.

목적지에 다다르는 동안 퇴직하신 선배님이 하신 우스갯소리가 생각납니다. 이젠 아내와 함께 생활하려면 눈치를 많이 봐야 한답니다. 지장 다닐 때만 해도 아침마다 "여보, 국 식어요, 얼른 밥 먹어요" 하던 때가 그립다고 합니다. 그러나, 퇴직하고 나면 부인들이 모임에 나가면 누구는 삼식이니 이식이니 하면서 고달픈 신세타령을 하는가 하면, 쓸면 쓸수록 빗자루에 착 달라붙는 젖은 낙엽이 애처롭다는 등 얼리고 달래는 수다를 떨며 각자 나름대로의 스트레스를 풀기도 한답니다. '있을 때 잘하라'는 유행어를 섞어가며 밤이 이슥할 때까지 막걸리 잔을 기울였습니다. 그래도 선배님의 말속에는 둘 만의 행복이 넘치는 듯하였습니다.

언젠가 애들도 다 제 살림 차려 나가면 달랑 남은 부부는 그만큼 외롭고 서로가 아껴주지 않으면 안 될 것입니다. 요즘 노후 부부의 유머 시리즈도 유행되고 있지만, 나도 몇 년 지나지 않아 그네들과 별반 다를 게 없을 것입니다.

우리 아이들도 많이들 커갑니다. 얼마지 않아 가정을 꾸려 새로운 둥지로 날아갈 것입니다. 안 볼 수 없을 정도로 함께 해야 할 우리 부부의 인생을 대신 살아 줄 이는 없을 것입니다. 훗날이 걱정되어서 라기보다 따끈한 삶을 위하여 살가운 애정을 아내에게 더 가져야 되지 않을까 싶습니다. 교육 끝내고 귀가하는 날 주름 펴는 화상품이라도 사 들고 "별일 없었지? 잘 다녀왔어요" 하면서 어색한 포옹이라도 한번 해 주어야 겠습니다.

가시고기
이야기

　　동해안 지역의 바다와 통하는 하천에서 주로 서식하고 있는 가시고기는 큰 가시고기, 작은 가시고기, 가시고기 3종류가 있다고 합니다. 나도 어릴 때 까시고기라 하여 경포천에서도 꽤 많이 잡곤 했었는데 요즘은 볼 수가 없습니다. 그런데 얼마 전 TV 방송을 통해 우리 고장 연곡천에서 3종류의 가시고기가 공생하고 있다는 것을 알고부터 자랑스럽기도 하고 반가운 마음 금할 수 없습니다. 행여 쉬리보다 더 유명세를 타 우리 연곡천이 널리 알려져 전국에서 제일가는 청정 도시로 발전하는 계기가 되지 않을까 생각합니다.

　　오늘도 그리움의 끝에서 눈시울이 붉어집니다. 일전에 몇 번이고 눈물을 훔쳐가며 『가시고기』 소설책을 읽던 기억의 파편들이 저 하늘 또한 무리의 구름 되어 떠가기 때문입니다.

　　올 초여름 밤, 사무실에서 밀린 몇 가지 일들을 처리하다 모 TV에서 방영한 자연 다큐멘터리 프로그램에서 가시고기 생애를 감동 깊게 시청하였습니다. 그 후로 이런저런 생각을 자주 하면서 저며 오는 가슴을 쓸어내리곤 합니다. 물론 그럴 때마다 모 방송사의 제작팀에게 큰 박수를 보내면서….

그동안 흔히 새가 둥지를 만드는 것을 많이 보아 왔지만, 물고기가 둥지를 만드는 것은 TV를 통해 처음 알았습니다. 꽤 여러 날 동안 어미 가시고기의 산란을 위하여 둥지를 만들어가는 아비 가시고기의 창조성과 섬세함은 완숙한 행위 예술이었습니다. 아비 가시고기는 둥지에 사용되는 모든 재료들을 입으로 일일이 운반하여 동그란 둥지를 만들어 갔습니다. 능숙한 몸놀림으로 내부는 부드러운 지푸라기 등으로, 외부는 단단한 갈대, 나무뿌리 같은 것으로 짜깁기를 하여 어머니 뱃속 같은 둥지를 완성시켰습니다. 그 과정에서 무거운 쪽을 아래로 향하게 하기 위하여 물속에 띄워 기울기를 알아보는 지혜로움은 앙증맞게 보였습니다. 마지막 단계로 끈끈한 점액을 분비하여 둥지를 나뭇가지에 고정시킨 후 어미 가시고기를 초연히 기다리며 천 년의 사랑을 꿈꾸고 있었습니다.

오랜 기다림 끝에 맞이한 어미 가시고기가 둥지 속에서 산란을 하는 동안 애무로 고통을 덜어주려는 아비 가시고기의 몸부림은 숭고한 한 의식이었습니다. 무려 세 마리의 어미를 같은 방법으로 한 둥지에 산란케 하여 시간과 경비(?)를 절약하는 듯하였습니다.

그 후 아무것도 먹지 않고 1,000여 개의 알이 부화되기까지 밤낮으로 지느러미로 부채질하여 산소를 골고루 불어 넣었습니다. 또한, 주둥이로 둥지 속 알의 위치를 일일이 안과 밖으로 교체 이동시켜 놓아 폐사되는 것을 방지하여 99%가 부화 되도록 하였습니다.

산란을 마친 어미는 하얀 뱃살을 몇 번 뒤척이더니 동해 바다로 홀연히 떠났지만, 몸 색깔을 붉은색으로 바꾼 아비 가시고기는 등 뒤의 가시를 곤추세운 채 부화되는 제 새끼들을 보호하기 위하여 감시를 게을리하지 않았습니다. 부화 직전의 알을 노리는 물고기를 비롯한 게, 자라 등 둥지의 침입자들을 민첩하게 물리치곤 하였습니다. 특히 7~8cm밖에 되지 않는 작은 몸으로 몇백 배가 넘게 보이는 거북이의 눈을 집중 공격하여 쫓아내는 광경은 몬주익의 마라토너만큼이나 위대하게 보였습니다. 근 보름 동안 탈진하다시피 된 몸이 되어 뭉개진 주둥이와 양 가슴팍으로 썩어들어간 육신을 뒤척이며, 마지막 숨을 거둘 때까지 어린 새끼들을 보살피는 정성은 어둠을 밝히는 촛불이었습니다. 죽어가면서 제 새끼들 곁으로 조금이라도 가까이 가 그들의 양식이 되기 위한 몸짓은 학춤보다 더 고상한 듯하였습니다. 살점을 내어 줄 때마다 환희의 눈물을 흘리면서 제 새끼들을 부르다 한 떨기 꽃잎으로 사루어 지던 아비 가시고기! 세월이 흘러 아비의 살점을 뜯던 어린 가시고기는 또 다른 아비 가시고기가 되어가고 있을 테지만….

살점 하나 없이 탈색된 채 TV 속 박제로 사라진 아비 가시고기의 하얀 뼈가 삶의 편린으로 클로즈업되는 순간 울 아버님 생각에 거울을 들여다봅니다. 아! 난 무엇을 하고 있는가? 아비 가시고기의 희생! 지금도 가슴이 아러옵니다.

경포 밤바다

경포 바다 가까이 살 수 있게 된 것은 퍽 다행한 일입니다. 태어나면서부터 나를 감싸오던 짭짤한 갯바람은 피부를 겉늙게 하였지만 맑은 피와 따뜻한 가슴을 갖게 해주었습니다. 바다 가까이서 살기를 고집했던 것도 바다보다는 오늘로 돌아가신지 만 십 년이 된 아버님이 더 그리운 까닭인지 모릅니다.

유월의 하루를 지키던 해가 대관령에 걸릴 무렵 바다로 향했습니다. 바다로 나서기엔 늦은 시간이지만 제상 차릴 때까지는 시간이 있어 아버님께서 살아 계실 적 늘 함께하시던 그 바다가 보고 싶어서였습니다. 바다엔 작은 고깃배들이 돌아가고 있었습니다. 언제나처럼 독특한 내음의 바다는 내 유년의 기억 속으로 빠져들게 합니다.

유년시절엔 아버지의 파발꾼으로 뒷산 너머 바다의 동정을 소나무 숲 사이로 치닫고 내리달리며 전하는 것이 하루의 일과였습니다. 그때마다 산등성이에서 내려다본 바다는 깊은 잠에 곯아떨어지기도 했지만, 때론 형체 없는 바람이 청밀 밭에 깊은 이랑을 만들고 나비 떼 같은 파도가 기포로 부서졌습니다. 그런 때마다 '와아'하고 탄성을 질렀지만 아버지는 가슴을 저미는 아픔을 참으셨을 것입니다.

자식들 공부시키려면 농사론 안 된다고 하시던 아버지께서는 얼마 되지 않는 논을 팔아 작은 동력선動力船을 구입하신 후로 으레 새벽 담배를 피워 물고 찌지직거리는 라디오의 '일기예보'에 귀 기울이셨습니다. 그 당시 어린 마음에 라디오에서 알리는 일기예보는 알지도 못하는 '동지나 해상'이나 '동해중부 해상'일 뿐, 우리가 살던 '강릉지방'의 날씨는 알려주지 않는 아나운서가 야속하였고 아버님이 차라리 가여웠습니다.

아버지께서 바다와 인연을 맺은 탓인지 지금도 난 삶의 반추反芻를 하고플 때면 가끔 밤바다를 찾습니다. 밤바다엔 외로움과 적적함이 있지만, 그리움과 위안이 있는 까닭입니다. 어둠 속에 끊임없이 이어지는 구성진 파도 소리는 아버님의 신음 소리로 다가와 부서지기도 하고, 때론 선잠 깬 아이의 자장가로도 또는 연인들의 가슴에 숨어드는 연가로 반기는 것입니다. 경포의 밤바다는 지금도 그 끝도 깊이도 알 수 없습니다. 그저 수면 위의 바위 눈금으로 오 리나 십 리쯤 되리라는 짐작뿐입니다.

'끼룩'거리던 갈매기가 몸져 앓는 밤, 멀리 수평선엔 때 이른 채낚기 오징어 배가 띄엄띄엄 집어등을 밝히고 있습니다. 고향을 선線 하나로 남기고 떠난 어부들의 손놀림만큼 아이들 학비며 방세 해결은 되려는지, 곤은실 박인 손으로 술잔을 들며 그네들의 둥지로 되돌아오기까지 일마나 힘든 일들을 해낼까. 까닭 없이 바라보는데 바람이 붑니다. 등 뒤론 소나무 숲새로 찾아든 상가 불빛이 바람에 몹시 흔들립니다. 오징어잡이 하는 갑판 위로는 바람이 일지 말았으면 하는 마음이 앞섭니다. 어둠이 쌓일수록 바다는 점점 좁아지고 가끔씩 포말로 깨어지는 두터운 파도는 내가 느낄 수 있는 가슴속 심장 박동으로 살아나 앙금으로 남겨둔 아픔이 한꺼번에 쏟아집니다.

그날도 하던 일을 끝내느라 늦게 귀가하다 우연히 김 시인을 만났습니다. 아구찜 한 접시에 소주만 몇 병을 비우고 자정이 되어서 돌아와 막 잠이 들 무렵이었습니다. '따르릉 따르릉' 울려오는 전화벨 소리에 벌떡 일어나

"예, 예? 어디서 어떻게요? 예 알았습니다."

힘없이 수화기를 제자리에 놓고 전기불을 켰습니다.

"왜 그래요?"

아내는 눈을 부비며 안절부절못하고 서 있던 나에게 물었습니다.

"막내가 교통사고 났대요. 빨리 서산으로 내려오래요!"

만나면 밤새워 얘기를 나누던 아우가 내겐 아무 말도 남기지 않은 채 그날 이후로 다시 볼 수 없게 되었습니다.

매사에 꼼꼼하고 별나던 아우가 갖은 고생 끝에 대학을 졸업하고 충남 서산의 H사에 입사한 날부터 사 개월 만이었습니다. 그것도 서른을 못산 스물아홉에…. 한줌의 재를 안고 대관령을 넘어올 때 늘 반기던 바

다도 눈물빛으로 울며 일그러지고, 아우는 고향에 돌아온 것을 몰랐습니다. 아버님께서 돌아가시기 전 동생들 잘 보살피며 의좋게 살라 하신 분부를 지키지 못한 나 자신이 원망스럽기만 했습니다. 세월이 살기 좋다는 말들을 하지만 개나리 봇짐 지고 다닐 때보다 두려운게 세상인건가 봅니다. 아우처럼 졸지에 떠난 억울한 사람들은 또 얼마나 되겠습니까.

수평선의 오징어배 불빛이 일그러지더니 이내 흐려진지 오래인데 군사용 '서치라이트'가 확 비추입니다. 무슨 죄인처럼 벌떡 일어남과 동시에 초병들의 호루라기 소리가 길게 들려옵니다. 갯내음도 맡을 수 없어지고 밤바다는 더한 슬픔으로 뒤채는데 올리도 없는 '혀엉'하는 아우의 목소리에 돌아보니 무엇을 찾는지 서치라이트만 재게 돌아가고 있습니다. 언제부터인가 백사장 위 보호 철책을 넘나들며 두리번거리는 서치라이트는 늘 밤바다와 함께 잠을 설쳐왔습니다. 같은 민족끼리 총부리를 겨누고 있는 우리 모두의 고통의 소산이 아니겠습니까. 칠천만 겨레가 하나가 되는 날까지는 계속 되리라 짐작됩니다. 하루빨리 서로의 빗장을 활짝 열어 남과 북이 통일되었으면 얼마나 좋겠습니까. 그렇게 되면 철책이나 서치라이트 등 거추장스러운 것들이 사라진 고요한 내 유년의 바다가 돌아오리라 기대해 봅니다.

뒤척이는 파도에 잠겼던 하늘이 시나브로 솟아나고, 크고 작은 무수한 별들의 반짝임이 시간을 재촉합니다. 아버님의 숨소리와 땀이 서린 밤바다에 오늘도 그리움만 남긴 채 집에 돌아와 현관문 앞에 이르렀습니다. 무거워지는 눈꺼풀을 삭이느라 한동안 눈을 감고 서 있었습니다. 방문을 열고 들어서는데 아내는 벌써 제물을 다 차려가고 있습니다.

참꽃의
그리움

봄은 옷 가게의 쇼 윈도우로부터 싹이 움튼다 해도 과언이 아닐 것입니다. 형형색색의 옷가지들과 악세사리로 치장하여 멋들어진 수채화로 묻어나는 색의 향연은 우리를 자주 황홀경에 빠져들게 합니다.

계절이 겹치는 요즈음 외출복 한두 가지밖에 없는 이들도 아무렇게 차려입고 거리를 배회하여도 전혀 어색함이 없습니다. 투박한 옷을 걸치면 걸친 대로 얇은 옷을 입으면 입은 대로 나름대로의 앙상블을 이루는 것도 계절이 바뀌는 과정의 독특한 멋이겠지요.

우리 이웃들은 겨우내 움츠렸던 마음들을 활짝 열고 삶의 텃밭을 일구기 위해 부산해질뿐더러 흔한 곳에서도 근엄한 봄빛에 터 벌어진 살점들을 헤집는 생명체들의 탄생을 접할 수 있음은 창조주가 우리에게 준 복중의 복일 것입니다.

더욱이 추위를 털어내는 뜰에서 밤, 낮 구분 없이 미세한 생명의 소리를 들으며 높고 낮음의 순리대로 제 갈 길 따르는 물줄기를 볼 수 있음은 만가운 일이 아닐 수 없습니다.

이렇듯 봄은 새로운 것을 알려줄 뿐만 아니라, 우리 스스로를 일깨워 주며 자신을 생각하게 하는 소박함과 흥건한 생명력을 가진 신들린 계절인 것 같습니다.

우리는 4계季를 말할 때 봄, 여름, 가을, 겨울 하는 것도 봄이 모든 자연계의 시발점 즉, 생성의 근본이요 시간의 밑씨를 뜻함일 것입니다. 이렇게 어머니가 있는 곳, 따뜻한 정이 스며있는 곳이라 생각하면 '에덴동산' 또한 봄부터 시작되었다 해도 지나치지 않을 성싶습니다.

이 지구상에 겨울 혹은 여름만 존재하는 몇 나라에 비하면 4계季가 뚜렷한 이 땅에 살고 있는 우리로서는 축복받은 민족임에 틀림없습니다. 세상사가 시끌벅적해도 찬란한 봄으로 시작되는 오묘한 자연은 늘 변함없이 우리들에게 자비를 베풀어 왔습니다.

그러나 강릉의 봄은 아마 반나절 정도 됨 즉합니다. 늘상 대관령에서 몰아치는 높새바람은 푸른 파도를 밀고 당기며 계절 감각을 무디게 합니다. 봄인가 싶어 겨울옷들을 장롱 속에 넣었다 빼었다 몇 번 하다 보면, 절름거리는 봄은 어김없이 우리네 곁을 스쳐 지나는 것이 강릉의 봄입니다.

이러한 환경의 지배를 받아서인지 이곳 주민들은 혈연, 지연, 학연 등으로 얽힌 폐쇄적이고 보수성이 강한 면도 있지만, 봄은 봄대로 여름은 여름대로 이웃과의 진득한 정이 꽃과 함께 이울고 또 피어납니다.

봄의 상징은 꽃이라 할 수 있습니다. 아침 켜켜이 피어나는 매화, 개나리, 목련, 벚꽃, 참꽃, 철쭉, 할미꽃, 라일락 등 수종의 꽃들이 봄을 지펴 오고 있습니다.

우리나라의 봄을 알리는 화신花信은 남쪽에서 북으로 전해집니다. 유채꽃 물결이 일렁이는 한라에서 백두까지 수종을 이어지는 꽃띠花帶가 완성될 때 북한의 영변에도 참꽃이 만발할 것입니다.

오늘같이 가느다란 봄비가 촉촉이 대지를 적시면 영변의 산허리로 피부병이 도져 참다못한 참꽃 순들이 그들의 꽃대를 밀어 올린 것만 같습니다. 꿈속이라도 달려가 물결치는 참꽃 밭에 벌렁 눕고 싶습니다. 보지도 못한 영변의 참꽃을 상상하는 것은 나 하나만의 그리움이 아닐 것입니다. 소월 님의 시구를 읊조리며 화사한 봄을 맞는 이라면….

우리도 평화통일을 이루어 제주에서 백두까지 꽃띠가 이어지는 날, 서로 부둥켜안고 삼천리 방방곡곡에 만세 소리가 울려 퍼지도록 하면 좋겠습니다.

내일은 아이들과 가까운 산엘 가야겠습니다. 발그렇게 불타는 참꽃의 색 조음에 흠뻑 취하고 싶습니다. 그리곤 어머님의 입술 같은 꽃잎을 따먹으며 해 질 녘까지 수술 싸움 해보리라 생각합니다.

별난 쇼핑

요즈음도 강릉 남대천 고수부지의 새벽시장에 자주 갑니다. 새벽시장은 말 그대로 새벽에만 반짝 장이 서지만 갈 때마다 대형마트와는 그 분위기가 사뭇 다릅니다.

아내와 함께 집에서 좀 멀리 떨어져 있는 새벽시장을 자주 찾는 이유는 농촌에서 직접 재배한 농산물을 사기 위함도 있지만, 새벽장터의 구수함을 접할 수 있기 때문입니다. 뿐만 아니라 세상 돌아가는 인심을 엿볼 수도 있고, 신선하고 순수함이 널려 있는 장터엔 언제나 살아있는 숨소리를 들을 수 있습니다.

기억을 더듬어 보면 그냥 온 적은 거의 없습니다. 하다못해 무우 한 개라도 사들고 오는 것이 습관입니다. 왠지 그냥 돌아서려면 발걸음이 무거워지는 만큼 좌판 상인들의 눈짓이 따갑게 느껴집니다. 때로는 동료 직원들을 만날 때도 있습니다. 그들 역시 나처럼 여기저기 기웃거리다 한두 개라도 사 가는 것을 자주 볼 수 있습니다.

밤길을 재촉하여 나선 장사하시는 분들이 크지도 작지도 않은 터를 잡아 농산물을 소담스럽게 펼쳐 놓고 아침을 깨웁니다. 화장기 없는 얼굴들이지만 손님들의 시선을 끌어들이려는 아낙들의 애교스런 모습이 지난 밤 배시시 웃어넘기던 아내의 입술로 다가서기도 합니다.

구석진 곳에 자리 잡은 허리 굽은 촌로의 배추 더미는 해가 떠오른 만큼 높게 쌓여만 가는 것 같습니다. 처음 시장에 물건을 팔러 나온 모양입니다. 아내는 선뜻 다가가 노란 배추 몇 포기를 삽니다. 돈을 건네받은 주인은 어색한 동작으로 거스름돈을 건네며 "약을 한 번도 안친 배춘데…" 합니다. 뚝뚝한 말소리지만 소박함이 풍깁니다. 순간 '약 안친 배추 사라'고 알리고 싶기도 하지만 선뜻 내키지 않습니다. 시장 한 바퀴를 돌아오면 다행히도 배추 더미가 눈에 띄게 작아져 있어 맘이 편해집니다.

풋 과일더미에서는 알록달록한 색상들이 언제나 살아 움직입니다. 토마토를 비롯하여, 참외, 복숭아, 수박 등 원색의 하모니를 이룬 과일들의 향기가 남대천 물속까지 잠기곤 합니다. 단골 메뉴인 채소류, 과일류, 해산물뿐만 아니라 철따라 나는 산채 나물이 더러 있어 운이 좋은 날은 맛깔스런 것들을 살 때도 있습니다. 특히, 산 더덕 냄새는 아침을 상쾌하게 만듭니다.

몇 년 전에는 오대산 능선에 '곤드레 밥'이라는 메뉴가 있다 하여 직접 식당을 찾은 적이 있습니다. 마치 비름나물처럼 약간 씁쓰레한 향이 나는 곤드레 밥을 아내는 참 맛있게 먹었습니다. 난 일찍 돌아가신 엄마 생각에 목이 메이는 것을 김추그리 에를 먹었습니다. 초여름이면 고추밭에서 뜯은 비름나물을 유난히 잘 무쳐주시던 엄마가 보고 싶어, 맛있는 곤드레 밥을 다 먹지 못하고 돌아온 기억이 있습니다.

그 후로 아내는 봄이면 으레 곤드레 나물을 몇 광주리씩 삽니다. 냉동시켰다가 여름날 된장국을 끓이면 그 구수함은 이루 견줄 데가 없습니다. 마른 침이 몇 번 넘어갈 정도로 곤드레 장국을 좋아하는 남편을 위한 배려입니다. 특히나, 술 한잔한 다음 날 먹는 곤드레 해장국의 맛은 접해 보지 못한 사람들은 알 수 없을 것입니다.

요즈음에는 산나물을 접하기가 그리 쉽지 않습니다. 재배한 나물들이 자연산으로 둔갑하여 우리들 식탁에 오르기 일쑤입니다. 뿐만 아니라, 산나물을 뿌리째 훼손하는 몹쓸 사람들 탓에 나물 채취를 금지하고 있어 퍽 아쉽습니다.

오늘 새벽시장엔 정선에서 난 곤드레 나물이 나왔습니다. 포대 통째로 샀습니다. 내일 아침이면 구수한 곤드레 장국이 상 위에 오를 것을 생각하니 핀잔 몇 번 들었는데도 아무렇지도 않습니다.

언제나 시장에 같이 갔다 온 후엔 잔소리를 듣곤 합니다. 시장 몇 바퀴 둘러보고 처음 들렀던 곳에서 만지작거렸던 물품을 사는 아내와, '그 물건이 물건이라며 아무거나 사라'고 재촉하는 나 사이엔 약간 냉기가 퍼지기 시작합니다. 성격 탓이려니 하지만, 아내는 좀 지나친 듯합니다. 푸성귀 몇 개 사면서도 비싸다니, 덤을 더 달라니 하는 모습들이 내 성격과는 맞지 않습니다.

그래도 아내와 함께 새벽시장을 둘러 본 날은 하루 종일 기분이 참 좋습니다. 우리 주변에는 드라마가 아니어도 대형마트에 카트를 밀며 졸졸 따라다니는 남정네들을 흔히 볼 수 있습니다. 부인은 요리조리 살핀 물건들을 싸다느니 비싸다느니 하는 말 한마디 없이 카트에 툭툭 밀어 넣으며 온 사방을 누빕니다. 남정네들은 무표정한 얼굴로 카트 바퀴 굴리는 데 여념이 없습니다. 잠시라도 한눈팔면 불나비처럼 날쌔게 돌아다니는 아내를 잃어버리는 난처한 경우도 있습니다.

한 번은 아내 성화에 못 이겨 모 대형마트에 같이 간 적이 있습니다. 며칠 전부터 마트에 가야 된다고 부탁 아닌 압력을 가해 왔습니다. 아내는 운전을 하지 못하는 탓에 내가 같이 가지 않으면 무거운 짐을 운반할 수가 없는 처지입니다. 에스컬레이터에 타고 내릴 때마다 발 딛기가 익숙하지 않아 난 현기증을 느끼곤 합니다. 훤히 밝힌 불빛 아래 형형색색 진열해 놓은 상품들 사이로 헤집고 다니는 쇼핑객들이 기계의 톱니바퀴처럼 다가옵니다.

처음 미는 카트여서 쇼핑객들과 자주 부딪히는 카트를 바로 잡느라 힘이 들었습니다. 아내가 계산대에서 생필품 몇 점 카운트하기까지 소비한 시간이 1시간 반이나 걸렸습니다. 생각했던 물건들을 보이는 대로 사면 2~3십 분이면 족할 것 같은데 괜한 시간만 허비하는 것이 못마땅하였습니다. 사방을 둘러보지만 결국은 처음 만졌던 물건을 사는 편이 많이 있습니다. 그날도 구매한 생필품들을 차에 실으면서 집에 오기까지 말

한마디 주고받지 않았습니다. 대관령 능선에 겨우 걸린 서녘 해가 이글이글 타는 내 맘속 같았습니다.

다음부터는 절대로 마트 안으로 따라다니지 않겠다는 다짐을 한 후로는 마트 주차장에서 한잠 푹 자는 쇼핑이 시작되었습니다. 아내가 마트 카트를 밀면서 '똑똑' 차창을 두드리기까지 차 안에서 기다리는 시간은 지루하지 않습니다. 행여 차창 밖으로 쭉쭉빵빵한 미녀들을 훔쳐볼 구경거리라도 있는 날이면 기분도 괜스레 좋아집니다. 그런 날은 아내도 더 행복한지 집에 오는 동안 차량 오디오 볼륨을 높이며 콧노래를 몇 소절 합니다.

우린 별난 쇼핑을 하면서 즐기는 것 같습니다.

아픈 흔적

오늘은 일요일, 우리가 분양받은 아파트로 이사하는 날입니다. 아내가 틈 있을 때마다 쓸 것 못 쓸 것 가려가며 이삿짐을 방안 구석구석 쌓아 놓은 지 일주일이 되어갑니다. 며칠 전부터 어수선한 방 안 분위기에 벌써 마음은 이방인이 되었습니다.

아이들은 새로운 아파트로 이사하는 것이 꽤나 좋은 모양입니다. 요즈음은 싸우기보다 웃음이 많고 마음이 들떠있는 기색이 역력합니다. 어렵게 내 집을 마련한 기쁨 뒤의 애잔한 부모의 맘을 녀석들이 알아주길 바라는 기대는 지나칠 성싶습니다.

아침을 일찍 먹고 이삿짐 차가 도착하기를 기다리는 사이 오늘 떠나는 이 집을 얻기까지, 전세방 구하느라 애썼던 일들이 주마등처럼 지나갑니다. 결혼한 후 얼마 지나지 않아 전에 살던 집이 전세 계약 기간이 만료되어 갈 때 아내와 나는 두 아이를 업고, 안고서 전세방을 얻으려고 종일토록 돌아다니다 파김치가 되곤 하였습니다. 문을 두드려 보지만 아이의 숫자 파악부터 시작되는 집주인들의 면접을 통과하기란 연년생인 아들 둘을 둔 우린 거의 불가능이었습니다. 그럴 때마다 아내에게 미안함이 앞섰고, 어린아이들에게 커다란 죄를 짓는 것 같았습니다.

한 번은 포남동 변두리에 있는 한 집에 들렀습니다. 인터폰을 누르자 주인아주머니는 문도 열어 주지 않고서 아이가 몇이며 또한 몇 살이냐고 물었습니다. 나는 순간 거짓말로 둘러댄 후 이삿짐 옮길 때 실토를 할까 망설였습니다. 그러나 양심 자체를 헐값에 팔 수는 없어 어린아이가 둘이라고 사실대로 말하였습니다. 집주인은 대뜸 방을 계약하신 분이 있으니 다른 곳으로 가보라고 하였습니다. 집주인이 너무 야속하게 생각되었지만 뻔한 대답이었습니다. 아내와 함께 힘없이 발길을 돌릴 때 어린 두 아이의 눈동자에 저녁노을이 아프게 물들고 있었습니다.

그 후로부터 아내와 아이들은 집에 있게 하고 혼자 방을 구하러 다녔습니다. 때마침 이사철인 이른 봄이어서 방 구하기란 여간 힘들지 않았습니다. 또한 당시는 부동산 경기가 활화산처럼 타오를 때인지라 부동산 중개소가 우후죽순으로 널려 있었습니다. 공인중개사가 운영하는 크고 화려한 부동산 중개소 사이사이로 구멍가게와 같은 복덕방이 쌓인 세월을 힘겹게 안은 채 버티고 있었습니다. 나는 넉넉지 못한 전세금을 갖고 있었기에 화려하고 커다란 중개소에는 어쩐지 들어가기 싫었습니다. 규모가 클수록 값비싼 집을 취급하리라 여겨졌기 때문입니다.

그러던 어느 날 퇴근길에 교동 버스 승강장 옆의 허름한 복덕방이 첫눈에 들어왔습니다. 규모가 작은 중개업소를 찾던 나로서는 편안한 맘으로 문을 열고 안으로 들어갔습니다. 돋보기안경을 쓴 할아버지 한 분이 어항에 물을 갈아주려다 일을 멈추었습니다.

"어떻게 왔소."

"예, 어디 전세방 좀 있나 해서요. 방 두어 칸의 한 천만 원 짜리 정도로요."

장부를 뒤적이며 훑어보더니 방이 있다며 일단 가 보자고 하였습니다. 복덕방을 비워 놓은 채 앞서 걷는 노인의 모습이 포근하게 다가와 무엇인가 이루어질 것 같은 예감이 들었습니다. 골목길을 지나 교동 화부산 산자락 끝에 양옥으로 지은 이층집으로 안내하였습니다. 마침 주인 아주머니가 계셔서 함께 방을 둘러보았습니다. 매우 조용한 남향집으로 앞산의 소나무와 매우 잘 어울렸습니다. 시골집 같아 편안한 마음이 들었습니다. 방을 다 둘러본 나는 주인아주머니께 고백을 하지 않을 수 없었습니다.

"아주머니 저희는 어린애가 둘이나 되는데요? 어떡하죠?"

"어휴 뭘 그런 걸 가지고 그래요. 우리는 아이들 넷이나 다 키웠는데요. 애들은 다 그렇지요. 그저 서로 믿고 마음만 맞으면 되지요." 하며 활짝 웃으셨습니다. 무척 정이 많은 것 같았습니다. 다음 날 저녁 무렵 아내와 함께 복덕방에 들려 계약금을 치른 뒤 집으로 돌아오는 동안 우린 서로 말이 없었습니다. 아내 등에 업힌 아이의 숨소리만 고요한 달빛 속으로 뿌려지고 있었습니다.

그 후, 우린 이 집에서 8년 동안이나 살아왔습니다. 전세권 설정도 하지 않았습니다. 주인은 한 번도 전셋값 올려 달라고 하지 않았으나 물가 상승에 비례하여 두 번씩이나 자진 올려 주었습니다. 비록 세 들어 살았지만 조금도 불편함이 없었습니다. 그동안 서로가 상 한번 찡그린 적 없이 서로 믿고 의지하며 살아왔습니다. 심지어 아이들이 2층 방안에서 뛰며 장난이 심할 때에도 소리 한번 지르지 않고 자라는 아이들에게 사기를 북돋아 주었습니다. 너무나 고마운 이웃이었습니다.

오늘따라 처마의 허리춤을 헤집는 옷자란 바람살이 쉼 없이 폈다 접곤 합니다. 창밖에 선 이삿짐센터의 화물차 한 대가 빵빵거리더니 이삿짐 인부들이 방안으로 들어와 고가사다리를 이용하여 짐 보따리를 하나둘 차 안으로 내립니다. 몇 년 전만 하여도 손으로 이삿짐을 하나하나 내리고 올리고 하였으나 지금은 아파트 18층까지도 고가 사다리로 짐을 운반할 수 있다니 참 편리한 세상입니다. 전문적으로 하는 분들이어서 속도가 빠를뿐더러 안전하게 진행됩니다.

아내는 보지 않을 책은 버리고 가자고 하지만 '필요치 않은 책이 어디 한 권이라도 있단 말인가. 비록 책장 속에 먼지로 덮여 있을 책일 망정 한 권이라도 버리고 싶지 않은 것이 평소 내 마음이 아니던가.' 하는 생각이 앞섭니다. 나에게 외로움과 고독이 엄습할 때 책은 유일한 나의 벗이 되어 왔기에 책에 대한 애착은 남다를 수밖에 없습니다.

아내의 성격이 유별난 탓에 이삿짐 포장은 늘 아내의 몫이 되어왔습니다. 내 딴에는 짐을 잘 꾸린 것 같은데도 아내의 손을 한두 번 거쳐야만 완성품이 되곤 하였기에 어쭙잖은 걸음걸이로 방안 이곳저곳을 서성거립니다. 안방의 장롱 밑, 솜처럼 쌓여있는 먼지 두께만큼 우리 가족의 정이 쌓여 있는 듯합니다. 거실의 빛바랜 벽지 위에 그린 아이들의 미완성 그림이 색깔을 그리워하는가 하면, 참된 삶을 영위하기 위하여 땀 흘린 흔적이 방 모서리에 손때로 묻어나 있습니다.

장롱을 비롯한 깨질 우려가 있는 짐부터 장독과 꽃 화분을 끝으로 이삿짐 차에 옮겨 실은 후 아내는 텅 빈 방을 깨끗이 쓸어냅니다.

"아줌마요, 이사 갈 땐 방을 깨끗이 치우면 복이 나가는 것도 몰라요? 차에 타요, 얼른 갑시다!" 하고 소리치는 늙수레한 한 아저씨의 성화에도 아랑곳하지 않고 쓰레기를 밖으로 담아내는 아내의 눈에는 눈물이 어립니다.

새 아파트는 세를 주고 이곳에 계속 살자 하시던 주인아주머니는 이별의 눈물을 보이기 싫어서인지, 오랫동안 병원에 입원해 있는 남편의 병간호 탓인지 아침 내내 보이질 않습니다. 어쩜 서로가 인연의 끈을 접는 아픔을 인내하기 위하여 발자국 소리만 엿들었을 성싶습니다.

비록 우리 집은 아니었지만 정들었던 집을 떠나는 아쉬움에 발길이 무겁습니다. '옷깃만 스쳐도 인연'이라는데 근 10여 년 동안 함께 생활한 주인집 가족들과의 이별은 내 삶의 한 부분을 도려낸 아픈 흔적으로 사리할 것입니다.

이산가족

새해가 시작되는 첫날이면 늘 생각나는 일이 있습니다. 30년 전 두 아들과 함께 버스를 자주 이용하던 추억이 새롭습니다. 승용차가 흔치 않던 90년대 초 우리 부부는 대중교통을 이용하였습니다. 버스 타기를 기다리다 아내는 먼저 올라 빈자리를 맡아 놓으면 나란히 앉곤 하였습니다. 늘 나는 큰아이를 무릎에 앉혀 재우며 잠을 청하기도 하지만, 작은 아이를 업은 채 좌석에 반쯤 걸터앉은 아내가 늘 안쓰럽고 미안했습니다. 내 무릎 위에서 잠만 자는 큰 녀석은 신경이 안 쓰였으나, 울보인 작은 녀석은 늘 불안하였습니다.

한 번은 서울에 사셨던 큰댁에서 신정을 쇠고 강릉행 버스 티켓팅을 한 후 강남 터미널에서 버스 출발 시간을 기다리고 있었습니다. 당시만 해도 대부분 귀성객들이 대중교통을 애용하는 시절이어서 버스 터미널엔 승객들로 발 디딜 틈이 없었습니다. 아내는 작은 아이를 등에 업고 내 손에 꼭 잡힌 큰아이가 오가는 사람들의 발에 밟히지 않기 위해 영동선 대합실 귀퉁이에 자리 잡고 있을 때, 장난감을 팔려는 떠돌이 상인 유혹에 칭얼거리는 큰아이에게 기다란 장난감 총을 사 주었습니다.

1~2분 지났을까? 내 손을 놓고 즐거워하던 큰아이의 모습이 보이지 않았습니다. 아내와 녀석을 찾느라 허둥대자, 할머니 한 분의 '어린애는 앞으로만 똑바로 가는 습성이 있다'는 말씀에 우린 무조건 앞으로 뛰어가기 시작했습니다. 온몸에 식은땀이 흐르고 다리엔 힘이 풀리기 시작할 즈음 운집한 사람들 발 사이로 아이가 입고 있던 빨간 바지가 보였습니다. 그 당시 건물 가장 끝에 있던 호남선 매표소 근처에서 장난감 총을 쏘아대며 사람들 사이로 뛰어다니고 있었습니다. 우리를 보자 '아빠' 하며 해맑게 웃는 아이의 뺨에 '찰싹'하며 순식간에 손이 간 아내는 엉엉 울었습니다. 대성통곡하는 아이와 엄마의 진한 모성애를 느낄 수 있었습니다.

우는 아이를 안고 반대쪽 영동선까지 뛰었습니다. 앞문을 닫고 막 출발하려는 강릉행 버스를 겨우 세운 후 탑승할 수 있었습니다. 기진맥진한 우린 한동안 눈을 감은 채 아무 말이 없었습니다. 버스가 서울 근교를 빠져나오는 동안, 아이를 제대로 보지 못한 나에 대한 원망과 손자국이 선명한 아이의 볼을 차마 보기 싫어, 아내는 흘러내리는 눈물을 참아냈을 것입니다.

차창을 비집고 들어 온 겨울 햇살이 아이 볼을 어루만지는 동안, 쌔근거리는 아이의 숨소리는 겨울 나목들의 움을 틔우고 있었습니다. 버스가 목적지인 강릉에 도착할 때까지 행복한 미래를 꿈꾸며 우리 내 식구는 잠들었었습니다. 시외버스 터미널에 내리자 실종된 어린이를 찾는 다는 전단지가 구석진 곳으로 바람에 실려 갔습니다.

이산가족이 따로 있으랴. 지금은 어엿한 사회인이 되어있는 큰아이와 영영 헤어질 뻔했던 그해 겨울의 기억은 지금도 아찔합니다.

더 없는 짐

사각거리는 앞산의 나뭇가지 옷 벗는 소리가 요즘 들어 거칠 대로 거칠어진 듯합니다. 깊고 어두운 밤의 꿈속 끝에서 아내의 쌀 씻는 소리에 문득 눈을 뜨면 앙상한 나무 끝에 걸려있는 새벽달이 몽당연필에 침을 묻혀가며 까맣게 그려 놓으시던 울 어머님 눈썹같이 순하게 보입니다. 지난밤에도 서너 번은 보일러 스위치를 켰다 껐다 하면서 옆자리에 누운 아이들을 문득문득 더듬곤, 차 낸 이불을 몇 번이고 덮어 주었지만 아침이면 먼지 가득한 아이의 숨소리는 여전합니다. 반자동식 기름보일러인지라 일정한 온도와 습도를 유지하지 못하는 탓으로 이번 겨울도 갖가지 젖은 옷가지로 가습기를 대신하는 아내의 저녁 시간은 으레 빨래 시간이 되어 버린 지 오랩니다.

올겨울은 유난히도 변덕스러운 날씨로 시내 외출이 잦은 아이들에겐 설렘을 주고, 그렇지 않아도 자주 꼽는 아내의 손가락 마디는 병원비를 포함한 군것질 값의 가중으로 펴짐이 없습니다.

여명이 치마 끝으로 기이들이 오는 동인 나는 친정 한 곳에 시신을 고정시킨 채 머릿속으로 눈금 없는 하루의 일들을 도식화합니다. "올해는…" 하면서 첫 단추만이라도 제대로 끼우려던 그날들을 지나 보내면서 나의 생은 허름한 부초_{浮草}가 되어 있음을 느낍니다. '똑똑' 하는 인기척에 벌떡 일어나 창문을 빠끔히 열고 두리번거려 보지만 언제나 그렇듯 밤새 울다 야윈 바람뿐입니다.

성에 먹은 창에 키 자라는 곳까지 쉼표 하나를 그려 놓습니다. 날이 샐세라 달려온 맑은 해는 쉼표를 통째로 삼키고, 마악 돌아눕는 아이의 머리맡에 머무릅니다. '부르렁' 거리는 오토바이가 '툭' 소리와 함께 대문 앞에 멈추었다 지나갑니다. 몇 년 전만 해도 새벽을 뛰며 돌리던 신문도 이젠 배달 방법이 고급화(?)된 탓에 종전보다 일찍 볼 수 있기는 하지만 아르바이트 학생의 '신문이요' 하며 외치던 정다움이 없어 아쉽습니다. 던져진 신문을 가져오기 위하여 척척 계단을 밟고 내려서노라면 구석구석 탈색된 낙엽들이 흉하게 널려 있습니다.

신선하고 달콤한 무엇을 찾으려는 기대로 펼쳐 든 신문에는 정치, 경제, 사회 모든 기사가 인륜과 천륜을 저버리는 듯한 갖가지 사건들로 지면을 채웁니다. 거짓과 가식으로 포장되어진 졸부들의 짓거리가 밉다 못해 측은하게 느껴지는가 하면, 높은 줄 모르고 올라만 가는 물가 같은 기사들이 진실 되고 순박하게 살아가는 서민들의 가슴에 깊은 골을 냅니다.

상식이 통하는 사회, 보통사람들의 시대는 어디로 가고 있는지. 또한 우리가 바라는 참다운 복지국가를 위한 '신한국 창조'는 이룩될 수 있는지. 몇몇 사람들이 바뀐다 하여 골 깊은 상처까지 치유될 수 있는지 하는 상념들이 기우이기를 고대하며 신문을 뒤척입니다. 언제나 그렇듯 가장 깊은 속에 할애된 지면이지만 문화예술 정보를 어김없이 접할 수 있다는 것은 그나마 다행한 일이 아니겠습니까.

짤막한 시평詩評을 읽으며 2층 계단을 반쯤 오를 때 신문 속에 끼워져 있던 세일, 개업, 모집, 초청 등의 호화스런 전단들이 질질 끄는 슬리퍼 앞에 와락 쏟아집니다. 하나둘 줍다 보면 신문매수보다 더 많은 듯합니다. 아내가 보기 전 휴지통에 버릴까 하고 망설이다 '알아야 할 것이 있는데 버리는 것이 아닐까?' 하며 가지고 현관으로 들어섭니다.

"이놈의 광고지는 왜 이렇게 많은지! 법적으로라도 제재 방법이 없나?" 하는 짜증스런 나의 말끝에, "아궁이 하나 없는 요즈음엔 처치 곤란할 때가 많아요." 하면서 되받아 보내는 아내의 어깨가 한껏 움츠려 보입니다. 아녀자가 식전부터 허튼소리 하여 남편의 일과에 흠집이라도 생길까 간단히 받아넘겼음이 분명합니다. 그래서 세월이 흐를수록 아내가 더 고마운지 모르겠습니다.

오늘은 칠일이라 평소보다 부산한 아침입니다. '자가용 주 5일제' 실시 이후 한 달에 서너 번 정도는 대중교통으로 출근해야 되기 때문입니다. 밥상을 마주 놓고 이것저것 챙겨주는 아내의 넋두리는 듣는 둥 마는 둥 하고 아이 유치원 문제에 몇 마디 긴넨 나는 아내의 얼굴을 슬금슬금

살핍니다. 올해도 옷 한 벌 사 주지 못한 죄책감은 고사하고 함께 영화구경 한번 못한 주변머리 없는 나로선 미안한 마음뿐입니다.

양 허리춤에 닦아 낸 물기 없는 손등엔 모진 세월의 흔적이 잔뿌리로 얽혀있고, 통계상 폐경기는 아직은 많이 남았을 터인데도 생기 없어 뵈이는 아내가 오늘따라 흡사 겨울장미처럼 애처롭습니다.

"이번 겨울은 날씨가 별로 추운 편은 아니지? 봄이 일찍 올 것 같지?" 하는 나의 물음에 아내는 머뭇거리다 "글쎄요, 잘 모르겠어요." 하며 재잘거리는 TV화면으로 시선을 옮깁니다. 상을 물린 후 주섬주섬 모양대로 신문을 챙겨놓고 '다녀온다'는 말과 함께 문을 나섭니다.

끝자리가 같은 숫자인 옆집 아저씨 승용차는 어디로 갈 채비를 하는지 아침부터 뿌연 연기를 콜록거리고 있습니다. 아라비아 숫자를 모르는지 날짜 가는 것에 관심이 없는 탓인지 아무튼 쉬는 날이 없는 그 승용차는 찌그러진 내 중고차보다 안쓰럽게 느껴집니다.

빽빽한 시내버스 속의 낯선 승객들은 화물처럼 말이 없습니다. 차창에 스치는 빈 들판이 오늘 아침 신문 속에 들어있던 광고 전단들로 수놓아 집니다. 집에 있는 아내의 모습을 떠올리며 '지금쯤 가계부 펴놓고 갖가지 광고지를 눈여겨보면서 설계를 시작하다 또 한숨짓다 말겠지'하고 생각하다 부자(벨) 소리와 함께 버스에서 내립니다.

건널목 가장자리에서 파란 불을 기다리는 동안 질주하는 차량 행렬 속으로 부제 대상 자가용들이 눈의 가시로 도시를 삼키곤 합니다. '법이 있어도 안 지키는 마당에 양심에 맡기는 자가용 부제쯤이야 당연지사로 여겨야겠지'하며 사무실에 들어서면 "일찍 왔습니다." 하며 난롯가에서 손을 부비면서 반기는 박형의 정다움이 온몸을 감싸옵니다.

자리를 둘러본 후 사무실 중앙에 있는 난로 옆으로 향하며, "요즈음, 어디 옷값이 한두 푼이라야지, 더군다나 여자들 옷은 왜 그렇게 비싼지. 우리같이 얄팍한 월급으론 명함도 못 내밀어. 그죠, 안 그렇수? 박형!" 하는 말끝에, "맞아요. 너무해요." 하는 박형의 첫 마디가 더 없는 짐이 된 채 시린 이 겨울을 날까 봅니다.

내 작은 공간을
만들 때

차디찬 겨울바람이 또 다른 벽을 만들어 창을 더더욱 견고하게 합니다. 밀려나는 세월의 끝자락에도 진통은 있어 길 떠나온 하루해가 홰를 칩니다. 계속되는 겨울 가뭄 탓에 곳곳이 물 걱정입니다. 커다란 산불이 자주 발생하는 것 또한 가뭄 탓입니다. 가까운 이웃 시·군에서는 때아닌 제한 급수를 해야 하는가 하면 남쪽에서는 소방차를 이용하여 최소한의 물을 공급하는 것을 매스컴을 통해 알 수 있습니다.

옛말에 '눈이 많이 오는 겨울이라야 인심도 좋고 풍년이 든다.' 하였는데 요즘 하늘은 몽실몽실한 눈송이를 뿌릴 기미가 보이질 않습니다.

사실 많은 눈이 오면 나같이 공직에 몸담고 있는 사람들은 부서마다 희비가 엇갈립니다. 온 산에 초록이 멎는 날부터 연둣빛 푸름이 새로이 도는 그때까지 산불과의 전쟁을 치러야 하는 부서에서는 눈 소식이야말로 사랑하는 여인의 편지일 테지만, 모래 염화칼슘 등을 뿌리며 통행인들의 안전과 교통 소통을 원활히 하기 위하여 밤낮으로 거리를 헤매야 하는 부서에서는 외상 술값 청구서 같을 것입니다.

어렴풋이 눈을 뜨니 오늘 창밖은 여느 때보다 환합니다. 벽시계를 보지만 평상시와 같은 시간입니다. 분명 밤사이 무슨 일이 벌어진 듯싶습니다. 아니나 다를까. '드르륵'하고 창을 열어젖힌 나의 손 마디마디로 잔잔한 교향악이 녹아내리기 시작합니다. 온 산하가 백설로 뒤덮이고 있습니다.

엎디어 있는 들판 가득 흰 눈이 차곡차곡 영글고 있습니다. 민들레 홀씨마냥 정처 없이 폴폴 스치우는 눈이 나뭇가지와 연을 맺습니다. 몇 번이고 되풀이되더니 옮겨놓을 수 없는 선들이 만들어져 화사한 눈꽃을 피워냅니다. 시간이 지날수록 눈은 펑펑 쏟아져 앞이 보이지 않을 정도입니다.

아침밥을 먹는 둥 마는 둥 끝내고 제설복 차림으로 사무실로 발걸음을 재촉합니다. 길거리엔 눈에 뒤덮인 차량들이 즐비하게 서 있습니다. 확포장한지 2년 남짓 된 도로이지만 개통되기 전부터 노상 주차장으로 변해있습니다. 이쪽저쪽 마구잡이식 주차로 인하여 왕복 2차선이지만 노란 중앙선을 밟은 채 곡예 운전을 일삼던 도로입니다. 앞으로는 아예 도로를 개설할 당시 편도 노상 주차장을 만들어 유료화하는 방법도 괜찮을 듯싶습니다.

앞만 보고 타박타박 걷는 사람들이 서로를 마주칠 때면 눈인사를 주고받는 환한 아침 출근길입니다. 역시 눈이 와야 정담이 오가는 모양입니다. 날로 각박해지는 인심 속에 정의는 가식자들에 의해 예리하게 닌

도질당하는 현실을 생각하면 눈이라도 실컷 왔으면 좋겠다고 생각해 봅니다.

철거덕거리며 도로를 내닫는 승용차들이 뒤뚱이느라 아침을 더더욱 바쁘게 합니다. 오늘 같은 날 걸어 다니면 건강에도 좋고 교통 혼잡도 덜게 될뿐더러 소복한 눈을 밟으면서 잠시 삶의 의미를 곱씹어 봄직도 괜찮을 텐데 하는 아쉬움이 듭니다.

눈 덮인 차량들이 주인 손을 기다리며 길가에서 곤한 잠에 취해 있습니다. 마치 깨끗한 백목련 꽃봉오리 같습니다. 앞산 허리 아래로 새 울음소리가 가쁘게 들려옵니다. 갑자기 내린 폭설 탓에 산새들이 비상이 걸렸나봅니다. 먹이를 조달할 방법이 있으면 좋으련만 어쩔 도리가 없어 안타깝기만 합니다.

사무실 반쯤 거리에 도착했을 무렵 질주하던 차량 행렬이 꼬리를 물고 멈추어 서 있습니다. 앞서던 차량 한 대가 운전면허 시험장만큼의 경사진 곳에서 체인도 안친 바퀴만 공회전 시키고 있습니다. 그 뒤 차량들은 말할 것도 없이 막혀 있습니다. 몇 번이고 밀어볼까도 생각하였지만 촉박한 출근시간 탓에 못 본체하고 길을 재촉합니다.

근무지에 도착하자마자 동료들과 함께 제설작업을 시작합니다. 늘상 그렇지만 집 앞에 쌓여 있는 눈은 토끼길만 내는 것이 고작이지만 근무지 관내의 도로는 넓고도 말끔하게 치워서 차량과 통행인들에게 불편이 없도록 해야만 하는 것이 우리네 운명이자 사명감이 아니겠습니까.

종일토록 거리를 헤매며 폭설과 싸우다 이슥한 밤, 찬 공기를 쐬며 출근했던 그 길로 귀갓길에 오릅니다. 질퍽이는 거리는 이전투구장과도 같습니다. 제설 장비가 지나간 주도로는 검은 얼굴을 드러내고 있지만, 골목길엔 아직도 토끼길 하나 외롭게 뚫려있습니다.

다행히도 오늘 날씨가 포근한 탓으로 많던 눈이 빨리 녹아 걷는 길이 미끄럽지가 않습니다. 요즈음은 도로가 개설되면 주차장으로 바뀌어 버리기가 일쑤이듯 제설된 도롯가로 자동차가 빼곡히 서 있습니다. 그저 이래저래 골탕을 먹는 사람들은 대중교통을 이용하는 서민들이 아닌가 싶습니다.

길가의 가로수 가지 위로 덮여있는 하얀 눈이 어둠을 건지는 수은등 불빛과 어우러져, 주르륵 흘러내릴 듯한 아낙의 무명 적삼 같습니다. 발걸음을 멈추고 멍하게 하늘을 향해 바라보고 있노라니 외로움의 눈물이 핑 돕니다. 잊지 못할 임들이 아주 먼 길을 떠난 지도 많은 세월이 흘렀건만, 늘 나의 가슴깊이 자리하고 있는 아쉬움이 애달픔으로 또 도집니다.

제설작업 때 동료들과 막걸리를 몇 잔 마셨던 탓에 취기가 온몸으로 알싸하게 퍼집니다. 즐겨 흥얼거리던 '두둥실 두리둥실 배 떠나 가안다…'를 콧노래로 너무 크게 불렀던지 지나치는 중년 부부가 힐끔 보고는 수근거립니다. 아마도 남의 얘기 잘하는 부부가 '돼지 한 마리 죽는다.'고 했겠지 생각하면서 하던 노래를 부르고 또 부르며 가슴속의 물기를 쏟아내지만, 현실은 침삼 속의 나를 놓아주시 않습니다.

외투 깃 속에 얼굴을 묻은 채 일렬로 서 있는 자동차들을 밀치며 어느 막국수 식당 부근에 다다랐을 때입니다. 가로등 불빛 아래로 어슴푸레하게 나타나는 것이 보입니다. 가까이 다가가니 눈이 말끔히 치워진 도롯가에 말라비틀어진 화분 두 개가 승용차 두어대 길이만큼 덩그렇게 놓여 있습니다. 주차 공간을 선점하기 위하여 누군가가 아이디어를 낸 것 같습니다. 화분 한가운데 싹둑 잘린 줄기 끝으로 마른버짐이 번져나고 있습니다. 가장 하얀 눈을 한 웅큼 얹혀주고 입김을 불어 주지만 언제 올지도 모를 주인을 기다리는 꽃 화분이 가엾게 느껴집니다.

집 근처의 사이 길로 들어서자 허리만큼 차는 눈이 방향 감각을 무디게 합니다. 화부산속에는 태초의 고요가 흐릅니다. 아침 출근할 때의 토끼길 따라 집 앞에 도착하니 담장 옆에서 양손을 치켜들고 있는 나의 애마(자동차)는 잠에서 깨어날 기미가 없습니다. 며칠 푹 쉴 태세입니다. 불 켜진 창으로 저녁 어둠이 빠른 속도로 빨려듭니다. 눈을 싹싹 밀쳐 낸 계단을 밟고 이층 방으로 향합니다.

"힘들었죠? 허리 아파 죽겠어요. 애들이 미끄러질까 봐 이층 계단의 눈을 다 쳤더니…"

나의 육신이 쉴 수 있는 공간을 지켜주던 꽃 한 송이가 상을 찡그린 채 피어오릅니다. 나는 얼른 아내의 옷을 걸고 아픈 부위에 에어파스를 휘휘 뿌려줍니다. 구부린 아내의 등 너머로 실낱같은 흰 머리카락 몇 개가 눈에 뜨입니다. 그동안 너무 넓게 차지한 나의 빈자리를 지키느라 많은 애를 썼던 모양입니다.

"당신도 아픈 데 없어요?" 하며 옷을 추스르는 아내는 에어파스를 위 아래로 흔들며 배시시 웃습니다.

"난 괜찮아. 또 아픈 데 없어요? 집에 눈은 못 치지만 당신 아픈 데는 고칠 수 있거든요."

하면서 세면장으로 들어섭니다. 거울 속에 비친 내 모습 뒤로 아내의 흰 머리카락이 나폴 거리는 것 같습니다. '지금부터라도 내 삶이 머무는 공간을 아주 작게 만든다면 아내의 새치는 더 이상 생기지 않을까' 하고 거울 속의 또 다른 나에게 자문을 해봅니다.

나는 사무용 의자에 앉자마자 목을 죄어오던 넥타이 한쪽을
잡고 힘껏 잡아당겼습니다. 와이셔츠 깃을 가지런히 하고
넥타이를 몇 번 접어 위 양복 주머니에 깊숙이 넣었습니다.

노란 넥타이의 매듭을 푸는 순간이었습니다.

－「넥타이 매듭」에서

2

넥타이 매듭

시어미 마음보다
변덕스런 벚꽃

매년 4월이면 경포대 주변을 중심으로 벚꽃이 흐드러지게 핍니다. 상춘객들의 발길이 이어지고 겨우내 움츠렸던 경포를 비롯한 횟집 상가가 기지개를 펴기도 합니다.

경포에서 태어나 현재의 벚꽃 길을 따라 초등학교 6년을 다녔던 나로서는 벚나무에 대한 향수는 남다르다고 하여도 억지는 아닐 것입니다. 특히, 경포대 주변의 아름드리 벚꽃 나무는 강릉시의 역사처럼 오래되었습니다.

어머니께서 동네 아낙들과 함께 경포대에서 찍은 빛바랜 사진 속의 나의 모습을 보면 내가 초등학교 입학하기 이전부터 남녀노소 가릴 것 없이 화전놀이라 하여 경포대에 올라 벚꽃을 배경으로 사진도 찍고 나름대로의 낭만에 젖었던 것 같습니다.

60년대 말 초등학교 다닐 때 기억으로는 화사한 벚꽃의 아름다움보다 입술이 검푸르게 변하도록 감청색의 버찌를 주워 먹던 일, 여름날 경포대 누대에 앉아 조약돌과 벚나무 가지로 꼰진이를 두던 일, 12월 초겨울 방학하기 전까지 시린 등하굣길에 벚나무 가지를 긁어모아 불을 지펴놓고 조약돌을 데워 주머니 속에 꼭 쥐고 손을 녹인 추억이 있는 경포대 벚꽃 길입니다.

고교 시절 학교 초청으로 보람 있는 학창시절에 대한 좋은 강의를 해 주셨던 김 모 시장님께서 지금의 7번 국도에서 경포까지 길게 이어지는 벚꽃 길을 조성하여 또 다른 볼거리를 만들었다고 합니다.

처음에는 이울고 지는 벚꽃의 참모습에 그다지 의미를 갖지 않았으나 벚나무가 무성해지고 관광객이 몰리면서 시에서는 20여 년 전부터 4월이면 벚꽃 개화기에 맞춰 축제를 열었습니다. 오색등을 달고 각종 이벤트를 겸한 문화예술행사를 개최하여 시민들과 관광객들에게 볼거리와 놀거리를 제공하곤 합니다.

1998년부터 10월부터 2001년 8월까지 벚꽃 축제를 주관하는 문화체육과 예술계장직을 수행하였습니다. 이듬해인 1999년 2월부터 전년도 개화 시기에 비슷한 4월 4일부터 주말이 포함된 1주일 기간으로 벚꽃 축제 계획을 세웠습니다. 경포도립공원에서 벚나무 가지에 오색등 수만 개를 달고, 국내 유명 성악가와 통기타 가수를 초청하고 먹거리 장터를 조성하기로 하였습니다.

제법 알찬 경포벚꽃축제를 알리는 포스터도 만들어 전국의 관광회사 및 언론홍보로 많은 관광객을 유치하여 지역경기 활성화와 시민들의 풍요로운 봄나들이를 위하여 많은 이벤트를 준비 하였습니다.

경포의 벚꽃 개화기는 진해 군항제 약 10여 일 전후가 됩니다. 강릉 시내 교동 철도 건널목 옆의 벚나무가 가장 빠르게 꽃을 터트리면, 거의 1주일간 여기저기서 꽃망울 터지는 소리로 온 시내가 요란해지면서 경포 벚꽃은 피기 시작합니다. 그 해에도 기상청에서조차 4월 6, 7일경이면 만개한 벚꽃을 볼 수 있다고 벚꽃 개화기를 예보하였습니다.

3월 중순이 지나자 경포대 주변이 붉게 물들기 시작하였습니다. 타 도시의 관광회사와 관광객들로부터 축제 기간을 문의하는 등 홍보효과가 있는 듯하였습니다. 많은 시민들과 관광객들에게 강릉 경포 벚꽃의 아름다움을 보여 줄 기회가 오고 있다는 기대에 부풀어 부서 직원들과 함께 오프닝 행사 및 전야제 행사 준비를 위하여 무대 설치, 오색등 설치, 연예인 섭외 등 만전을 기하였습니다.

그러나 99년의 경포대의 봄은 그리 쉽게 오지 않았습니다. 남쪽의 군항제도 개화 시기를 맞추지 못하여 행사에 차질을 빚어 톱밥과 비닐 피복으로 개화를 앞당기고 있다는 뉴스를 들었지만, 느닷없이 동해바다에서 샛바람(해풍)이 며칠 불어오더니 벚꽃망울이 1주일째 얼굴만 쏙 내민 채 가만히 있는 게 아니겠습니까?

주말 연휴에 맞추어 전야제를 치를 4월 4일 아침이 되자 기온은 더 내려가는 것 같았습니다. 근 열흘 동안 출·퇴근시에는 벚꽃도로로 우회하면서 꽃 피는 시기를 살폈지만 벚꽃이 피기는 다 틀렸다고 판단하여 오색등만 올린 채 일단 오프닝 행사는 계획대로 갖기로 결심을 얻었습니다. 주위에서 축제를 연기하자는 의견도 있었으나 특히, 초청한 연예인들의 스케줄 때문에 이벤트사와 미리 계약한 상태여서 연기할 수 없었습니다.

저녁 7시 공연시간에 맞추어 하나둘 모여드는 주민과 관광객들로 야외 공연장에 준비한 의자가 거의 차 안도의 한숨을 쉬었으나 맘이 편할 리가 없었습니다. 초청된 연예인들은 분위기를 맞추느라 열연을 하였지만, 피지 않은 꽃 잔치의 흥이 기대만큼 살아날 리가 만무했습니다. 물론, 시장님도 행사장을 찾았지만 벚꽃 축제가 오색등 축제가 되어 버렸으니 더 이상 말을 하면 무엇 하리오.

큐시트에 따라 전야제 행사는 무사히 마쳤으나, 간혹 들려오는 참가자들의 "벚꽃 잔치가 아니라 불꽃 잔치"라는 빈정거림에 쥐구멍이라도 찾고 싶었습니다. 그날 밤 얄궂은 벚꽃을 탓하다 동료 직원들과 같이 이슥토록 소주잔을 기울였습니다. 서로를 위로하면서 "내가 잘못 판단하여 미안하다. 죽을죄를 지었다. 욕이 뼛속까지 배지는 않겠지. 내년부터는 잘 해보자."며 고생한 실무 직원의 손을 잡는 순간, "계장님 추진력은 알아주어야 합니다." 하며 웃던 모습을 지금도 나는 어떻게 받아들여야 되는지 잘 모르겠습니다.

다음날 시청 홈페이지에는 꽃도 없는 벚꽃 축제를 개최한 것에 대한 질책성의 민원이 쇄도하였습니다. 그동안의 준비과정에서부터 이상기온, 전국 홍보, 그리고 연예인들의 사전 계약관계 등으로 어쩔 수 없었던 상황과 내년부터는 좀 더 내실 있게 하겠다는 답변을 드리면서 정중히 사과를 드렸습니다. 일주일 후 벚꽃이 만개한 주말에 상춘객들을 위한 몇 가지 이벤트 행사를 추가 예산으로 개최하기도 하였습니다.

그 일이 있은 후 한동안 시장님 앞에 나타나기가 여간 민망하지 않았습니다. 다른 결재 받는 것도 실무자에게 미루기도 하였습니다. 시간이 좀 흐른 뒤 시장실에 들어갈 기회가 있어 시장님께 "죄송합니다. 제가 너무 고집을 부렸나 봅니다. 앞으로는 잘하겠습니다."는 말씀을 드렸더니, "괜찮아, 억지로 할 수 없지 뭐. 앞으로는 좀 더 잘해봐." 하시면서 격려해 주셨습니다.

평소 인자하신 성품을 감안하면 직접적인 꾸지람은 없었지만, 기분은 썩 좋아 보이지 않았습니다. 시장실을 나서면서 통지표의 가정 통신란에 '고집이 센 편임'이라고 적어 놓았던 초등학교 2학년 때 장 모 담임 선생님 얼굴이 떠올랐습니다.

이렇게 시작한 첫 행사는 실패작으로 끝나고 이듬해 2000년엔 벚꽃 가지를 꺾어 와서 사무실에 꽂아 놓고 매일매일 관찰하면서 현장의 개화과정을 사진으로 담는 등의 노력으로 정말 기가 막히게 개화기를 맞추었지만, 디데이 이틀 전 4월 7일과 12일 느닷없는 대형 산불로 행사 자체가 취소되기도 하였습니다.

2001년에는 조금 늦긴 하였지만, 낙화를 시작하는 벚꽃의 아름다운 분위기 속에 점등식을 겸한 불꽃놀이와 꽃마차 퀴즈 등 다채로운 행사를 마치면서 삼 세 번째는 그런대로 성공한 행사였습니다. 동네 주민들도 흡족히 생각하고 시민들도 여유를 즐길 수 있는 기회가 되어서 다행이었습니다.

특히나, 삼 세 번째 치른 축제의 점등식 행사시 사회를 보면서 "벚꽃 피는 시기를 알아맞힌다는 것은 며느리가 변덕스런 시어미 마음 맞히기보다 더 어렵다."는 멘트로 참석자들의 웃음을 유도한 뒤 그동안 몇 번의 실수한 기억들을 지우면서 용서를 구하기도 하였습니다.

또한, 벚꽃이 많이 떨어져 나간 나뭇가지 끝을 배경으로 "벚꽃은 필 때보다 욕심 없이 훌훌 떨어질 때가 더 아름답다."고 방송국 카메라 앞에서 너스레를 떨면서 다소 늦게 시작한 행사를 은근슬쩍 넘겼던 기억이 새롭기도 합니다.

벚꽃을 주제로 하는 것처럼 자연을 대상으로 하는 큰 이벤트 행사는 가급적 피하는 것이 바람직하다고 봅니다. 또한, 유명 연예인 초청보다 지역 내 예술인들을 초청하여 스스로 참여하고 주인이 되는 축제의 장으로 만들어 가는 것이 예산도 절약되고 예기치 못한 상황대처가 쉬울 것으로 생각됩니다. 뿐만 아니라, 향토 문화예술인들이 기량을 발휘할 수 있는 기회를 부여하는데도 큰 몫을 할 것입니다.

벚꽃의 만개한 모습은 넉넉잡아 열흘 정도 됩니다. 비바람에 약한 탓도 있지만, 강릉에는 유난히 봄바람이 세게 불어 1주일 정도 벚꽃의 화사함을 볼 수 있습니다. 진국에서 관광객이 찾아오는 때를 시작으로 경포는 춤추기 시작합니다. 비로소 그네들 삶의 꽃이 마른버짐처럼 퍼져 나갑니다.

나는 지금도 벚꽃 필 무렵이면, 지름길을 마다하고 경포대 벚꽃 길을 이용하여 출·퇴근을 합니다. 변덕이 심한 벚꽃망울을 보면서 순탄치 않은 내 삶의 뒷모습들과 비교하면서 흔들림 없는 삶의 중용을 깨닫기도 합니다.

오늘도 다 성장해 가는 아들 둘을 둔 아내를 차 옆에 앉히고, 시어미보다 변덕이 죽 끓듯한 벚꽃 길에 나서는 뜻을 아내가 알기나 할까요.

강릉의 젖줄, 남대천

영동 고속도로 확장으로 굽이굽이 오르내리던 대관령의 옛길은 한적합니다. 더욱이 야간에는 간혹 오가는 차량들의 불빛이 잠든 숲을 놀라게 합니다.

오늘같이 무더운 여름 밤, 대관령 능선에서 잠시 발을 멈추고, 웃자란 길섶에 앉아 강릉시내 야경을 내려다보면 삶의 편린들이 스쳐 지나갑니다. 또한, 속살 헤집는 시원한 바람 몇 점 밀려오면 넋이 나가 모든 상념 접고 사랑하는 사람과 나란히 앉아 별빛을 바라보며 두런두런 얘기하고 싶어집니다.

발아래 펼쳐진 강릉시내의 가로등과 빌딩 숲에서 조화롭게 발하는 불빛 물결은 여름밤의 또 다른 우주입니다. 밤하늘을 수놓는 별들이 잠 못 이루는 여름밤은 그리움의 애달픈 사연 간직한 채 깊어만 갑니다. 강릉의 여름밤은 하늘엔 별꽃, 대지엔 불꽃들이 서로를 손짓하며 그리움의 끝자락에서 맴돌다 밤을 지새우는 것 같습니다.

내판령 능신에서 내러나보이는 강릉의 여름 아경은 요즘 모 TV 프로에 나오는 ○○청춘합창단입니다. 각자 순수하면서 개성 있는 목소리로 화음을 만들어 내가 아닌 우리가 된 순박한 사람들의 모습 같습니다. 나는 그 프로를 볼 때마다 화이부동和而不同 하는 모습들이 아름답게 느껴집니다.

현란한 불빛의 도시 한복판으로 활주로 같이 반듯하게 누워있는 젖줄을 볼 수 있습니다. 동해까지 다다르는 강릉 남대천입니다. 남대천은 대관령 산기슭에서 시작한 옹달샘이 안목 앞바다까지 이르는 동안 밤하늘 어린왕자의 식수가 되기도 하고 아침 햇살에 생을 마감하는 이슬들을 받아내기도 하다가 풀꽃들의 씨앗도 날라다 줍니다.

쉼 없이 흐르다 돌부리에 멍들고 가시에 찔리거나 상처받아 한동안 웅크리고 앉아 있을 때도 나무뿌리를 적셔주는 보시를 잊지 않습니다. 씨줄과 날줄로 엮인 순박한 강릉사람들의 희로애락喜怒哀樂이 고스란히 깃든 삶의 흔적들을 흐르는 물살에 쉼 없이 실어 나릅니다.

동네 목욕탕이 흔치 않던 시절, 여름이면 으레 남대천에서 몸을 씻곤 했던 기억이 납니다. 저녁밥을 일찍 먹고 남녀노소 삼삼오오 무리를 지어 후레쉬 불 밝히면서 목욕하러 가곤 했습니다. 당시 후레쉬 불빛은 자기 앞발 앞에만 비추도록 불문율로 되어 있었지만, 간혹 악동들은 물 위로 불빛을 휘휘 비추는 짓궂은 장난을 하면 여기저기 아낙들의 비명 소리도 들을 수 있었습니다.

여성들은 강 하류쯤이면 남성들은 늘 상류에서 목욕을 하곤 했습니다. 남자들은 일찍 목욕을 끝냅니다. 서로의 일상을 정리하고 하루의 피곤함을 시원한 강바람에 날리면서 하류 쪽으로 내려올 때쯤이면 물소리와 어우러져 첨벙거리는 아낙들의 몸짓에 귀가 솔깃하여 바지 앞주머니에 손을 집어넣은 채 어색한 걸음걸이로 집으로 향하곤 했습니다.

요즘도 그렇듯 남성들은 사우나에서 1시간 넘기기가 버거운데 여성들은 종일 버티고 있는 걸 보면, 깨끗하고 아름다운 몸매를 간직하려는 여성들은 씻은 곳도 몇 번씩 확인해야만 하는 과정을 거쳐야만 직성이 풀리는 몸부림일는지 모를 일입니다.

뿐만 아니라 해 뜰 무렵과 해 질 녘의 남대천(현 강릉교) 다리 아래엔 낚시꾼들의 발길이 이어지고 한낮엔 아름다운 하늘 풍경을 담아내는 거울이 되곤 했습니다.

문명이 발전함에 따라 생활 오폐수가 날로 증가한 탓인지 맑고 깨끗하던 남대천이 어느 순간부터 5급수 이하로 수질이 악화되어 고기가 살 수 없을뿐더러 악취가 풍길 때가 있었습니다.

급기야 시민단체가 청정한 남대천 수호를 위하여 상류에 있던 수력발전 중단을 관계부서에 건의하고 정화된 물을 내려 보낼 것을 요구하면서 삭발 투쟁하는 등 단체 행동도 불사하였습니다. 급기야 수력발전소 가동을 중단하여 대관령 축산 단지와 고랭지 채소 재배로 인한 환경오염물질이 유입되던 도암댐 물 유입을 차단하고, 시민들의 생활 오폐수가 직접 유입되지 않도록 하수관거 개신도 하여 수질이 점차 징상을 되찾게 하였습니다.

얼마 전부터 어릴 적 볼 수 있었던 은어를 비롯하여 송사리, 꺽지, 메기, 잉어는 물론이고 연어도 철철이 볼 수 있을 정도로 수질이 좋아졌습니다. 오염된 남대천을 옛 강릉의 젖줄로 후손에게 되돌려 주는 데 온 시민들이 한목소리를 낸 결과였습니다.

요즈음은 녹색환경과 삶의 질을 유별나게 중시하는 민선시장께서 160억을 투자하여 강릉 남대천을 하천 녹화, 식생대, 생태습지, 물 억새 군락지를 만들어 녹색도시를 만드는데 한창입니다.

진초록 물이 울컥하던 지난 7월 중순 전국 수필가님들께서 우리 강릉에서 열한 번째 수필의 날 행사를 가졌습니다. 지연희 한국문협수필분과회장님, 평소 존경하는 윤재천, 정목일 선생님은 물론이고 정종명 문협 이사장님 외 유명하신 많은 선배 문인들을 뵙는 행운을 얻었습니다.

원고 청탁을 받았지만 은은히 울리는 소중한 분들의 잠언을 듣고 나선 글쓰기가 두려워지는 건 왜일까요.

추억의 조각들을 짜 맞추기 위해 해 질 녘 남대천으로 나갔습니다. 이번 여름은 잦은 비로 남대천 물살이 제법 힘이 있어 보입니다. 늘 꿈틀거림이 있어 희망과 용기를 주던 남대천 물줄기가 생각납니다. 정 없이 못 사는 강릉 사람들의 풋풋한 냄새가 물비늘에 섞여 흘러갑니다. 상선약수上善若水라 하듯 남대천 물 흐르듯 낮은 곳을 보듬으며 이웃들을 아우르는 삶을 살고 싶습니다.

자신의 거울을
들여다보자

옛말에 시어머니가 봄에는 딸을, 가을에는 며느리를 논·밭에 내보낸다더니 요즈음은 엷은 공기를 헤치는 햇살이 무척 따갑게 느껴집니다. 예리한 햇살이 지나간 밤하늘에는 몇 뼘씩 웃자란 별들로 가득합니다. 국화가 향기를 뿌리고 짙은 립스틱을 칠한 여인의 입 같은 코스모스가 배시시 웃는 모습은 계절을 잊고 사는 우리에겐 진한 감동으로 와 닿습니다.

몇 번의 계절이 알게 모르게 바뀌면서 우리 사회도 많은 변모를 거듭해 옵니다. 민선 자치시대 출범 후 정치, 경제, 사회 모든 면에서 많은 발전을 가져온 듯합니다. 각 자치단체마다 특색에 맞는 제도로 주민들의 복지증진을 위하여 최대의 행정서비스를 제공하기 위하여 온갖 힘을 쏟고 있습니다. 조직 개편 등을 통하여 행정 내부의 개혁을 꾀하는가 하면, 갖가지 아이디어를 동원하여 지역 주민들을 위하여 앞장서고 있으나, 기대에 미치지 못하고 있는 면도 있습니다.

주민들의 많은 욕구를 충족시키기 위해서는 무엇보다도 지방재정이 뒷받침되어야 한다는 것은 자명한 일입니다. 지방 재정의 확충이야말로 지방자치의 하드웨어의 역할을 해내기 때문입니다. 국가로부터의 보조금이나 교부세 등에 의존하는 대부분의 지방자치단체에서는 재정자립도의 고저에 따라 지역개발의 편차가 많아지는 게 현실입니다.

따라서 지방행정에서 자주 세원을 찾아 세금을 부과하고 징수하는 일은 참으로 중요하다 할 것입니다. 공정한 세금 부과 및 징수를 위하여 자치단체마다 전 행정력을 동원하지만 날이 갈수록 체납액은 눈덩이처럼 불어나고 있습니다.

세금을 낸다는 것은 국민의 의무 중 하나라는 것을 누구나 잘 알고 있을 것입니다. 우리 같은 샐러리맨들을 비롯한 대부분의 사람들은 성실하게 납세 의무를 +a까지 다하고 있습니다. 돈이란 돌고 도는 것인지라 때론 회전이 여의치 않을 때도 있겠지만 고질 체납자가 늘어나고 있다는 사실은 늘 가슴 아프게 합니다.

내가 몸담고 있는 시만 해도 체납세가 현재 수십억 원이 넘는 것으로 알고 있습니다. 그중에서 자동차세의 체납액이 36%로 단일 세목으로 가장 많은 비중을 차지하고 있습니다. 징수 부서에서는 체납세 징수 기간을 1년에도 몇 번씩 설정하여 전 직원들에게 목표액을 부여하여 많은 징수실적을 올리고 있습니다. 특히 체납된 자동차세 징수를 위해서는 체납 차량의 번호판 영치는 큰 효과를 거두고 있습니다.

하루는 체납 차량의 번호판 영치를 위하여 몇몇 직원들과 조를 편성하여 새벽 다섯시부터 골목골목을 누볐습니다. 손에 든 자동차세 체납 명부와 도로 주변에 주차시켜 놓은 차량들의 번호를 일일이 대조 확인 하여 해당 차량이 발견되면 자동차에 부착된 앞 번호판을 강제 영치하 는 작업이었습니다.

도로변으로 빼곡히 주차해 놓은 차량 행렬은 주택 수보다 더 많아 보 였습니다. 우리나라도 곧 GNP 만불 시대를 대비해서 인지 형형색색의 자동차들이 골목골목에서 선잠을 청하고 있었습니다. 얼굴이 비칠 정도 의 깔끔하게 치장된 차량도 있지만 구입 후 한 번도 세차하지 않은 자연 그대로의 차량도 있어 주인들의 성격을 알 듯도 하였습니다. 소형에서 중형, 대형차에 이르기까지 꼬리를 문 자동차 행렬 속에 간혹 외제 승용 차는 눈엣가시로 남았습니다.

우리 일행은 차량들의 앞 번호판에 시선을 고정시키다 행여 체납 차 량을 발견하면 성취감이랄까 배신감이랄까 야릇한 기분이 들었습니다. 주인 없는 차량의 얼굴에 손을 댈 때마다 어둠을 갉아먹는 가로등이 눈 을 흘겼습니다. 흙 한 점 밟히지 않는 도시는 걸을수록 등줄기의 욱신거 림은 더해오고 바삐 움직이는 직원들의 신발 뒷굽 소리에 창백해진 아 스팔트 도로는 마른 침을 연신 삼켰습니다. 특공대 작전을 방불케 하는 2시간여 동안의 작전(?) 끝에 10여 대의 차량 번호판을 영치한 결과 고 급 중형 승용차가 절반가량이나 되는 것이 나를 우울하게 만들었습니다. 그 후 백만 원의 제납세를 징수하는 성과를 올렸습니다.

직원들과 함께 간단한 해장국으로 아침 식사를 대신하고 곧장 사무실로 출근하였습니다. 출근한지 얼마 지나지 않아 시에서 세무담당자를 찾는 전화가 빗발쳤습니다.

'똥 싼 ○이 큰소리 더 친다더니….' 방어태세로 돌입하던 나는 번호판을 영치당한 사람들로부터 항의 전화일 거라고 생각하였으나 곧 기우임을 깨달았습니다. 전화를 몇 군데 주고받던 담당자는 "죄송합니다. 저희 통장님이…. 다시는 그런 일이 없도록 하겠습니다." 하며 얼굴이 벌겋게 달아오르며 매우 당혹스러워 하였습니다.

내용인 즉 ㄱ씨의 체납 고지서를 전달하지 못한 통장 한 분이 과거에도 ㄱ씨의 체납 고지서를 들고 몇 번씩 이리저리 뛰어다녔던 터라 이번에는 'OO장 하시려면 세금 좀 내시고 하세요.'라고 겉봉투에 기재하여 우편 송달 하였다는 것이었습니다. ㄱ씨는 불쾌한 나머지 시의 관계부서에 강하게 항의를 한듯하였습니다.

평소 나도 ㄱ씨를 익히 알고 있습니다. 지역을 위하여 많은 봉사를 하였을 뿐만 아니라 경제적으로나 사회적으로 또한 정치적으로도 잘 알려진 ㄱ씨였습니다. 다른 곳에 거주하고 있는 ㄱ의 과세 물건이 내가 근무하는 관내에 있어 세금 고지서를 전달하기란 손쉽지만은 않았을 듯 싶었습니다.

기회 있을 때마다 각종 세금 고지서 전달 및 체납세 징수 협조를 채근해 온 죄책감에 통장에게 전화를 걸었습니다. 방법론 등을 운운하며 앞으로는 좀 더 신중할 것을 부탁하면서 전화수화기를 놓았지만 책임과 정의를 내세우던 통장님의 상기된 목소리는 여름날 시원한 소나기로 내 마음속에 자리하였습니다.

일선 행정기관에 정기적으로 발부되는 각종 세금 고지서는 고액일 경우 직접 전달하지만 대부분 통·반장을 통하여 납세자들에게 전달되고 있습니다. 통·반장들은 지역 현황을 잘 파악하고 있어 고지서 전달이 용이하나 만나지 못할 때에는 하루에도 몇 걸음을 하는 경우가 있습니다. 지방세무행정의 숨은 꽃은 아마 통·반장들이라 해도 지나치지 않을 것입니다.

저녁 무렵 영치차량 소유자 중 한 사람에게서 '어음을 늦게 막다보니 미안하게 되었다'는 전화를 받고 뭉클한 가슴을 추스린지 약 보름이 지난 것 같았습니다. 아침 출근과 동시 전화를 받던 윗분께서 몹시 난처해 하고 있었습니다. ㄱ씨의 체납 고지서 문제였습니다. ㄱ씨는 시청 모 고위부서를 통하여 시장에게 직접 항의하겠다는 것이었습니다.

"그 일은 해당 통장에게 전화도 하고 지난번 해결이 되었는줄 알았습니다만…" 윗분께 변명 아닌 변명을 하며 머뭇거리던 나는 찬물을 한 컵 들이켰습니다. 가치관의 혼동이 시작되었습니다. 적반하장도 유분수지 목소리만 크면 제일이고 지위가 높으면 눈을 멀게 되는지. 느닷 '빠떼루 아저씨'가 보고 싶었습니다. 그리고 언제 어떨 때에 '빠떼루'를 줘야하는 지 묻고 싶었습니다. 시간이 지나면서 문제는 무마되었지만 청청한 가을 하늘에선 소나기가 시원스레 내릴 기미가 보이질 않았습니다.

한가위를 껑충 건넌 가을이 총총 걸음으로 줄달음치고 있습니다. 황금물결이 넘실거리는 들녘엔 벼 이삭들이 '톡'하고 여무는 소리가 저녁노을을 진홍빛으로 울궈냅니다.

요즈음같이 익으면 익을수록 고개 숙이는 저 벼 이삭에 '빠떼루'를 줄 수 없지 않을까. 오늘도 이름 모를 산골짜기에서 발원한 물줄기는 자기의 몸을 최대한 낮추기만을 거듭하다 기어코 대망의 바다에 다다르고 있습니다. 남을 탓하기보다 조금씩 양보하고 겸허한 자세로 풍성한 가을을 맞이하였으면 합니다. 우리 사회가 더 이상 척박해지지 않도록 자신의 거울을 들여다보았으면 합니다.

넥타이 매듭

　　일선에서 근무하고 있는 공무원들은 정장보다는 잠바 같은 간편한 차림으로 출근할 때가 많습니다. 사무실 내에서 근무할 때보다는 지역에 출장을 할 때가 더 많기 때문입니다. 간혹, 물건을 운반하거나 현장 행정에 나설 때면 정장 때문에 난처할 때가 더러 있습니다.

　　파란 하늘이 열리는 날은 웬일인지 정장차림으로 출근하고 싶어집니다. 좋은 일이 있을 것만 같은 예감이 듭니다. 아침식사를 일찍 하고 출근을 서둘렀습니다.

　　옷장을 열어 와이셔츠를 입고 그에 맞는 넥타이를 고릅니다. 여러 색깔을 맞춰가며 목에 걸어 봐도 어색함은 마찬가지입니다. 아내에게 넥타이 보관 때문에 핀잔을 듣지만, 넥타이 매는 것이 서툴고 귀찮아서 늘 매듭을 풀지 않고 옷걸이에 걸어 두었다 다시 걸치곤 하는 것이 습관화되어 있습니다.

　　물방울 모양, 새 모양, 꽃 모양, 나뭇잎 모양 등을 담은 여러 색깔의 넥타이들이 짐에서 덜 깬 재 축 처져 있습니다. 그중 흰 셔츠에 맞는 색깔을 골라 대충 목에 걸치고 문밖을 나설 때까지도 아내는 어울린다는 말 뿐 별 관심이 없습니다. 하긴 결혼한 후 넥타이 매는법을 가르친 스승의 손을 더 이상 빌리지 않은 것만으로 다행스러울지 모를 일입니다.

이사 온 지 여러 햇수가 지나도 엘리베이터 안에서 만난 이웃들은 서로가 어색합니다. 때론 침묵이 흐를뿐더러 초조하게 느껴집니다. 이용자 대부분들은 엘리베이터 천장을 응시하거나 신발을 내려다보고 있지 않으면 벽과 마주 서 있기도 합니다.

내가 살고 있는 아파트의 엘리베이터 안에는 거울이 양 벽에 부착되어 있어 나는 늘 거울 속을 살피며 오르내립니다. 엘리베이터 문이 열리기까지 비뚤어진 넥타이 매듭을 바로잡기 위하여 애를 쓰지만 거울 속의 손놀림은 매듭을 더욱 꼬이게 합니다. 오늘도 아쉬운 아내의 손 매무새를 뒤로하고 조심스럽게 자동차 페달을 밟습니다.

햇살이 잘게 부서지는 이른 아침입니다. 차창으로 비껴서는 산바람이 가로수를 흔들어 보지만 표정은 냉랭합니다. 새순이 돋아나도 푸른 빛깔이 아니요, 꽃이 피어도 향기가 없는 듯합니다. 밤하늘을 지켜주던 별들도 빛을 잃어가며 수군거리기 일쑤요, 오가는 이웃들의 가슴마다 억장이 갈래갈래 밭이랑을 이루는 것 같습니다. 매일 다른 빛깔로 세상을 밝혀주는 햇살 몇 점이 헝클어진 머리카락에 매달려 하루하루를 메워 나갑니다.

요즘은 경제적으로 생살을 에는 듯한 한파가 휘몰아치고 있습니다.

삶이 파괴되고 기업이 도산하여 실업자가 급증하고 배고픔을 참지 못한 나머지 사기, 강도, 살인, 유괴 등 사회가 걷잡을 수없이 병들어가고 있을 뿐만 아니라, 이혼이 급증하여 가정 파탄이 일어나는 것을 우리 주위에서도 흔히 볼 수 있습니다. 오늘도 가슴이 답답하고 하염없는 눈물이 흐릅니다.

누구의 잘못이라고 탓할 수 있을까요? 물론, 몇몇 위정자들에게 책임을 돌릴 수도 있겠지만 이 시대를 살아온 우리 모두의 잘못이 아닐까요? 이 나라를 짊어질 청년들이 일자리가 없어 방황하고 삶의 의욕을 잃는 안타까운 현실이 너무나 슬픕니다.

그동안 사회 전반에서 구조조정을 단행하여 많은 일꾼들이 직장을 떠나야 했고 일자리가 없어 거리를 방황하는 실업자가 급증하는 아픔을 겪어 왔습니다. 기업이 도산하고 중소 상인들이 부도로 쓰러져 지역 경제가 살아 날 기미가 보이질 않습니다. 하루 빨리 힘을 모아 이 위기를 극복하여 다시 활력이 넘치는 거리를 만들어야겠다고 다짐해 봅니다.

직장에서도 구조조정의 아픔을 겪어야 하는 현실에서 동료애는 사라진지 오래요, 선의의 경쟁보다 보이지 않는 시기와 편 가르기가 진행되고 있음은 안타까운 일입니다. 요즘 들어 명예퇴직이나 조기퇴직을 신청하라는 문서가 자주 공람철에 오르내립니다. 그 문서를 접할 때마다 주체를 제외한 객체만을 대상으로 한정하려는 자기중심적 발상이 몇 뼘씩 자라나는 깃 같아 싸인 하기가 어쩐지 망설여질뿐더러 묘한 마음이 생기곤 합니다.

여느 때와 같이 사무실 안을 둘러 본 뒤 서류를 펼치려는데 대여섯 명의 낯선 사람들이 민원실로 들어섭니다.

"어떻게 오셨습니까?"

"예, 공공근로 사업하러 왔습니다."

"예? 아, 어서 들어오십시오. 여기 앉으십시오."

각자가 직장을 나온 뒤 공공근로 사업을 신청하여 오늘 첫 출근이라고 하였습니다. 대부분 나이 드신 분이었지만 젊은 사람도 한 사람 끼어 있었습니다. 그들과 차 한 잔을 나누는 동안 별다른 이야기를 할 수 없었습니다.

그들의 아픔은 곧 나의 아픔이고, 그들의 희망 또한 나의 희망이기 때문에 눈빛으로 서로의 마음을 읽을 수 있었습니다. 침묵이 흐를수록 온몸이 화끈거려옴을 느낄 수 있었습니다. 노란 넥타이 차림의 내 모습이 작업복을 한 그들에게 슬픔과 분노를 혹시 자아나게 하지 않을까 근심이 되었습니다. 넥타이가 목을 점점 죄어 오는 것 같아 슬며시 자리를 일어섰습니다.

잠시 후 동료 직원이 작업량을 알려주면서 함께 밖으로 나섰습니다. 모두가 자신감과 의욕이 있어 보였습니다. 그들의 뒷모습을 보고 다행스럽다고 생각했습니다. 머지않아 그들의 희망의 불꽃이 타오르리라는 것을 확인할 수 있었습니다.

나는 사무용 의자에 앉자마자 목을 죄어오던 넥타이 한쪽을 잡고 힘껏 잡아당겼습니다. 와이셔츠 깃을 가지런히 하고 넥타이를 몇 번 접어 위 양복 주머니에 깊숙이 넣었습니다.

  노란 넥타이의 매듭을 푸는 순간이었습니다.

어느 한식날

고등학교를 갓 졸업하고 등록금이 없어 대학 입학을 포기한 그해 봄날, 나는 염세주의 철학가인 양 고뇌를 곱씹는 예술가인 양 거리를 방황했습니다. 그러던 어느 날 정말 우연히 나는 지방공무원이 되었습니다.

시장 군수가 무슨 일을 하는지? 읍·면 동장도 공무원인지 아니면 이웃집 아저씨인지 행정에 관한 완벽한 무지無知에서 공무원 생활이 시작되었습니다. 이렇게 시작한 공무원 생활이 십 몇 해 흐르는 동안 대부분 평창, 삼척 등지의 외지에서 근무해 오면서 주민들과 직접 대화하며 그들 속에서 생활해 왔습니다.

늘 고향에 대한 그리움이 나도 모르게 쭈뼛쭈뼛 자라던 중 또 운 좋게 이곳 강릉으로 옮겨와 근무하게 되었습니다. 어릴 적 체취가 담겨져 있는 고향! 고향에 근무하면서부터 고향을 잃어버리며 살고 있지 않나 하는 생각이 듭니다. 흔히들 산속에 들어서면 산을 못 본다고들 하는데 낯설지 않은 주위가 나를 안주하게 만든 듯합니다.

명절 때면 동료들의 눈치를 보아가며 강릉행 버스 타기 경쟁을 벌였던 지난날에 비하면, 요즈음은 조상의 묘소라도 자주 찾을 수 있어 얼마나 좋은지 모릅니다. 얼마 전 고향에서 맞는 한식寒食날이었습니다. 늘 그렇듯 아침부터 시청 직원과 함께 산불조심 경계 근무를 마치고 술 한 병과 마른오징어를 사 들고 가까운 조상의 묘소를 찾았습니다.

수로를 정비하고 띄엄띄엄 잘려나간 잔디를 보식하다 문득 무엇인가 가슴 가득히 다가옴을 느꼈습니다. 파도에 시달리다 마지막 자태를 잃어버리는 모래성 같기도 하고 오 헨리의 「마지막 잎새」와 같은 아쉬움이었다고나 할까요.

공무원 생활을 시작한 지 얼마 안 되어 면사무소에서 보건사회 업무를 막 맡았을 때입니다. 지금은 일정 금액의 구호비를 지급하지만, 그 당시에는 거택보호자에게 쌀, 보리쌀, 밀가루 등을 매월 지급하여 기본적인 생계를 유지할 수 있도록 했습니다.

면 소재지 지역인지라 닷새마다 열리는 장날을 이용하여 구호양곡을 대부분 지급하곤 했습니다. 그날이 오면 아침부터 세상의 괴로움과 근심 걱정을 홀로 다 겪은 듯한 백여 명의 대상자들이 무엇을 맡겨놓은 것을 찾으러 오는 것인 양 나를 찾곤 했습니다.

그럴 때마다 나로서는 측은한 생각과 막막함에 빠져들곤 했습니다. 무엇을 어떻게 해야 하는지 망설임 끝에 결론을 내리게 되었습니다. '썩은 고기는 물살을 따라 떠내려가지만, 살아있는 물고기는 거센 물살을 거슬러 올라가는 것'과 같이 온 힘을 다해 저들과 함께 한 식구가 되어 웃음과 희망을 주리라고 굳게 다짐했습니다.

등이 활과 같이 구부러진 사람, 지팡이에 의지해서 다니는 사람, 천둥소리에도 놀라지 못하는 청각 장애자, 그 흔한 사돈의 팔촌 한사람 없는 고아들을 상대로 배당된 양식을 나누어 주어야 하는 나로서는 '제2의 예수'인 양 착각에 빠지기도 했습니다. 어떤 날은 그들에게 가까운 거리는 집까지, 먼 거리는 버스 정류장까지 리어카로 각각 운반하여 주고 나면 그날 저녁은 파김치가 되곤 했습니다.

구호양곡을 지급하는 날이면 으레 배급복을 입고 출근해야만 했습니다. 종일토록 지급하고 나면 머리끝에서 발끝까지 온통 하얀 밀가루를 뒤집어쓰기 때문이었습니다. 당시 하숙하던 나로서는 이골이 난 빨래 탓에 배급복 한 벌은 따로 정해 두지 않으면 안 되었습니다.

그러던 어느 한식 무렵이었습니다. 양곡 보관 창고에서 한참 구호양곡을 저울로 달아 지급하는데 유난히도 머리카락이 흰 칠순이 넘으신 할머니가 무엇을 싼 채로 나에게 건네주었습니다.

"에이구 옷도 그 옷 하나밖에 없는 것 같기에 여기 싸구려 옷을 가지고 왔네. 입고 있는 옷은 벗어주면 빨아 주겠네." 하시며 나의 손을 꼭 잡으셨습니다. 나는 가슴이 조여 왔습니다. 그리곤 이내 눈시울이 뜨거워졌습니다. 몇 번이나 사양을 해도 그 사양을 무시한 채 그 할머니는 싸가지고 온 옷을 놔두고 가셨습니다. 검정색 바지 하나! 나에게는 어느 것보다도 고귀하고 값진 것이 되었습니다. 그 후 나는 배급 날이면 으레 그 바지를 입었습니다. 물론 할머니를 기쁘게 해 들기 위해서였습니다. 칠순 고령의 할머니와 스물 청년의 로맨스를 그리듯 배급 날이 기다려지기도 했습니다.

그날도 장날이었는데 비가 치적치적 내려 구호양곡을 지급치 않고 밀린 서류를 정리하던 중, 갑자기 그 할머니가 열 살가량의 낯선 아이를 잡아끌며 사무실로 들어오셨습니다. 할머니가 노려보는 아이는 비에 젖은 채 울고 있었습니다. 나는 하던 일을 멈추고 아이와 할머니를 장터 막국수 집으로 모신 후 식사를 하며 자초지종 이야기를 들었습니다. 장터에서 그 아이가 남의 물건에 손을 대려다 할머니 눈에 띄었던 것입니다. 그렇게 인자하던 할머니는 낯선 아이를 울린 것이 못내 맘이 안 되셨던지 한동안 말이 없었습니다.

"그 망할 전쟁이…." 하시면서 말을 잊지 못했습니다. 나는 더 이상 묻지 않았습니다. K 방송에서 〈이산가족 찾기〉를 방영할 당시 몇 번 사무실에 나온 것을 보았기 때문이었습니다. 국수를 다 드신 할머니는 아이와 나를 번갈아 보더니 "구부러진 못은 다시 쓰기위해 망치질을 하지." 하면서 그 아이의 머리를 쓰다듬어 주었습니다. 그 후 5일 장날이 몇 번이나 지나도 그 할머니의 모습을 찾을 수 없었습니다. 훗날 안 일이지만 유한한 삶을 영원한 삶으로 승화시켰던 것입니다. 아주 청초하고 외로운 삶을.

구부러진 그 못을 펴기 위한 망치질이 너무 힘들지 않았나 생각되었습니다. 아마도 마지막 힘을 모았을거라고…. 묘소 손질을 다 마치고 나니 시장기가 돌았습니다. 술을 잔 가득히 따르고 절을 올렸습니다.

　"이젠 자주 들리겠습니다. 아버님 어머님!"

　몇 잔의 음복에 시장기는 완전히 가셨지만 머리가 뒤숭숭 해옴을 느꼈습니다.

　묘소 앞에 심어 놓았던 회양목 두 그루가 성크렇게 된 채 푸름을 발하고 있었습니다. 대충 가지를 잘라 가지런하게 만들며 어디엔가 할머니의 보금자리엔 할미꽃이 피어나 그치지 않는 망치 소리가 울려 퍼지고, 고열의 용광로에 달구어진 그 아이 또한 또다시 구부러지지 않는 강철 못이 되었을 것이라 생각했습니다.

　제법 봄볕이 따사로웠습니다. 윗옷을 벗어 어깨에 걸친 채 하산하다 커갈수록 말썽만 피우는 두 아이가 복잡한 뇌리를 스쳤습니다. 귀가하는 길에 서점에 들러 『꽃들에게 희망을』이란 값진 망치 하나를 구입하였습니다.

걱정

　　맑게 개인 봄날, 주말을 이용하여 유관기관, 단체 임직원들을 비롯한 우리 시청 직원들은 경포호를 휘두른 순환도로 중심으로 자연정화 활동을 벌였습니다. 약 2km의 순환도로는 보도블럭으로 잘 정비되어 경포호수를 지켜주고 있었습니다. 일정 간격으로 하늘거리는 수양버들 가지 끝 속잎엔 연푸르름의 눈물이 그득 하였고, 호수 속엔 띄엄띄엄 잘려나간 늪 사이로 파란 하늘이 담겨 있었습니다. 저마다 흥얼거리는 콧노래는 어느새 하모니를 이루어 동그란 이웃이 된 듯하였습니다.

　　군데군데 널려있는 비닐과 담배찌끼, 빈 우유 곽, 과자봉지, 유리 조각 등을 죄다 주우며 호수 반쯤 다다랐을 즈음, 해송 끝에 찔리운 바다 바람이 절름거리며 우리 일행을 반가이 맞아 주었습니다. 모처럼 정겨운 사람들을 만난 모양이었습니다.

　　오늘도 어김없이 삶의 편린들을 팽팽한 줄에 매달아 밀고 당기는 어설픈 낚시꾼들이 관심 없는 표정으로 호수가에 더러 자리하고 있었습니다. 우리 낯낯은 턱을 괸 채 쪼그리고 앉아 있는 육순 남짓한 낚시꾼에게 다가갔습니다. "아저씨 많이 잡았습니까?" 하는 나의 질문에 "없어요!" 하는 퉁명스런 대꾸와 함께 '드르륵' 낚시 줄을 감았습니다.

한참 만에야 딸랑거리는 방울 소리에 맞춰 제 모습을 드러낸 낚시엔 입질한 흔적조차 없는 듯하였습니다. 고기가 물리지 않았음을 확인한 그 낚시꾼은 거의 무의식적으로 물고 있던 담배를 '획' 하고 내뱉었습니다. 발아래로 즐비하게 널려있는 꽁초 사이로 막 버린 담배에서 뿜어내는 연기가 봄 누에 실 뽑듯 은백색으로 일고 있었습니다. 일행 중 한 사람이 총총걸음으로 다가가서 타는 담배에 신발을 비볐습니다. 순간 슬며시 뒤돌아보며 겸연쩍게 웃는 낚시꾼의 모습이 육순 아저씨라기보다 열두 살 개구리 소년같이 순진하게 보였습니다. 한동안 내가 든 쓰레기 주머니에 고정시킨 그의 눈동자엔 '아차' 하는 일깨움이 자리하는 듯하였습니다. 나는 비닐 주머니를 슬쩍 등 뒤로 감추며 "많이 잡으세요." 하며 황급히 길 위로 올라섰습니다.

경포호수는 어린 시절 연한 버들 순 꺾어 문 채 물닭 쫓던 연못이 아니고 콘크리트 벽장 속의 어항같이 자꾸만 느껴왔습니다. 왜인지 낯설게 다가오는 어항 속으로 추억의 반지름 긋고 멈춰 서니, 멀리 보이는 경포대 누각 주변으로 벚꽃망울들이 불그레하게 불타고 있었습니다.

지난해는 몹쓸 새들이 꽃망울들을 대부분 따먹었던 탓으로 개화開花는 물론, 낙화落花의 장관을 볼 수 없어 퍽이나 아쉬웠습니다. 이번 봄에는 화사한 벚꽃이 하늘 끝으로 피어올라 우리네 삶을 보다 풍부하게 만들었으면 합니다.

모진 샛바람 견뎌 낸 벚꽃들이 가녀린 꽃망울로 봄을 알리던 어느 날 갑자기 그들의 터를 훌훌 털고 떠날 때면 나는 어김없이 열병을 앓곤 했습니다.

그즈음 신의 마술인 듯 빈 공간으로 하얗게 비상하는 벚꽃들의 축제는 살풋한 젖 몽우리로 피어남보다, 또한 전등불과 어우러진 만개한 화반花盤보다 더욱 고상하고 감격스런 그들만의 숭고한 의식이었습니다.

늘 떠나는 것에 익숙해진 벚꽃들에 비하여 우리는 집착, 아니 소유에 너무나 능수능란하게 길들여져 있는 듯합니다. 너저분한 자리 하나에 연연한 나머지 자신과 이웃을 속이는 슬픈 이들을 우린 자주 볼 수 있습니다. 더욱 우리를 안쓰럽게 하는 것은 그들 대부분이 가식을 진실인 양 미화한다는 사실입니다. '참'이 깃들지 않은 '진실'은 오히려 '거짓'보다 못하지 않을까 합니다.

'마음을 비운다.'고 많이들 외쳐댑니다. 혼탁한 정치판에서는 더더욱 유행어로 판을 치고 있습니다. 그러나 그네들의 마음은 소주병인지 잘도 비우고 재생도 잘 되어 또 다른 신상품으로 우리를 유혹하기 일쑤입니다. 그럴 때마다 짐작은 하면서도 늘 따라가며 살아가는 것이 소박한 우리네 인생인 듯합니다.

며칠 후면 벚꽃이 흩날릴 것입니다. 비움은 충만을 염두에 두듯, 우리 모두 가슴을 열어 퇴적된 욕심들을 날려 보내야겠습니다. 그리고 텅 빈 마음으로 화사한 봄을 맞이하였으면….

호수 끝에 다다라 제각기 수거한 잡동사니들을 한 곳에 모아두고 그 도로로 뒤돌아오는 나의 발걸음은 한껏 가벼웠습니다. 길가엔 쓰레기더미에 가려 뵈지 않던 연록색의 풀잎들이 갑작스런 햇살에 어느새 시들해가고, 계절답지 않게 새털구름이 하늘 전체로 점점 자라고 있었습니다.

멀리선 담배꽁초 버렸던 낚시꾼이 주섬주섬 낚시 장구를 접고 있었습니다. 나는 발걸음을 재촉하여 그곳에 다다르니 널려있던 담배찌끼는 말끔히 치워져 있었고, 어깨에 가방을 멘 낚시꾼은 저만치 앞으로 나아가고 있었습니다. "아저씨, 고기 더 잡으세요, 예!" 입속으로 되뇌이며 뒤를 쫓았지만 따라 잡을 수 없었습니다. 차츰 시야에서 멀어지는 낚시꾼의 뒷모습이 꼭 한 짐 짊어진 옛 아버님 모습으로 다가왔습니다.

귀청하는 동료와 함께 승용차에 오른 나는 '혹시나 가버린 낚시꾼이 담배 끊지나 않을까' 하는 걱정으로 가만히 악셀을 밟았습니다.

남대천의
아침

늘상 있는 새벽 뻐꾸기 소리에 눈을 뜨자마자 아이의 손을 잡고 남대천으로 향했습니다. 얼마 전만 해도 〈새벽종이 울렸네〉로 잠을 깨우던 청소차도 이젠 청량한 새소리 또는 익숙한 대중가요로 활기 있는 아침을 일으킵니다. 신선한 새벽 공기가 선잠에서 깨어난 아이의 발걸음을 재촉하고 피어올랐던 달맞이꽃은 촉촉한 아침 이슬로 내려앉고 있습니다.

간소복 차림의 부지런한 이웃 몇몇은 맺힌 땀방울을 훔치며 심호흡이 한창입니다. 얼굴 혈색으로 보아선 동이 트기 전부터 운동을 시작한 듯합니다. 저만치 앞에서는 서걱이는 노부부 숨소리가 세월을 낚아채고 중풍 탓인지 절름거리는 발걸음은 우리 아이만큼이나 힘겹습니다.

동해로 이어지는 남대천 둑길은 숱한 사람들이 오간 발자국만큼이나 이웃들의 정이 깔려 있어 나는 가끔 이곳을 찾곤 합니다.

정비 작업으로 반듯하게 누운 하천 웅덩이진 곳에서는 진홍빛 계란 노른자 하나가 자연 부화하고, 이슬 딛궈 내는 산고의 시간이 흐른 뒤 푸른 강은 고추 달린 아침 해를 알몸으로 잉태하고 있습니다.

제방 위엔 누가 버렸는지 유리구슬 여러 개가 햇살에 반사되어 빛나고 있습니다. 아이는 빤질빤질한 구슬들을 한 움큼 주워 주머니에 넣고 빤히 쳐다봅니다. 수정만큼이나 맑고 청정한 아이의 눈동자를 보는 순간 눈앞의 황홀함에서 깨어 우리가 살고 있는 오늘을 잠시 생각합니다.

도덕과 양심이 점차 실종되어 가고 정신보다 물질적 향유에 익숙해지는 현 사회의 겉 문명이 뒷골목에 나뒹구는 어느 정치면 신문 기사와도 같이 공전하고 있는 것 같아 마음이 편치 않습니다.

언제부터인가 흑백 논리에 익숙해진 우린 늘 성급하고 단조로워 한 번쯤 생각하고 행동하는 신중함이 없이 하루살이처럼 살아가는 듯합니다. 우리 주위엔 사소한 일들로 고성이 오가고 서로를 적으로 만들어 급기야 상상 못 할 지경에까지 이르는 경우를 많이 볼 수 있습니다. 그래서인지 폭행치사가 늘어나고 이혼율이 급성장할뿐더러 부끄러운 사건 사고가 신문이나 TV 뉴스의 대부분을 할애하고 있음은 간과할 수 없는 현실입니다.

왜들 그렇게 단순하고 바빠졌는지 알 수 없는 일입니다. 머지않아 지구의 종말이라도 오는지 아니면 예견된 죽음이라도 맞이하고 있는지. 모두가 걸음걸이부터 자동차 바퀴 구르는 소리, 말소리까지 빨라져 가고 있습니다.

신호등이 있는 거리를 잠시 생각하여 봅니다. 기다리는 자동차, 행인

하나같이 신호가 채 바뀌기 전에 들쭉날쭉 앞을 다툽니다. 몰아치는 교통경찰 호루라기 소리에 섬뜩섬뜩한 가슴앓이로 잔주름만 눈가로 쓰러지기 일쑤입니다. 너나 할 것 없이 도시 전체가 급합니다.

우리네 선조들은 풍류가 깃든 여유 있는 생활을 해 온 듯합니다. 지나친 여유로 화禍를 맞은 적도 많았지만, 그네들의 마음은 분명 끈끈한 기다림과 여유였던 것을 허리만 한 바지통과 늘어뜨린 저고리의 옷고름에서도 짐작할 수 있습니다. 오늘날과 같이 변모된 괴현상은 가난에서 벗어나기 위하여 우리 모두에게 급시간急時間의 코뚜레를 꿰어 오직 경제 성장을 이룩하여 배고픔을 잊으려던 절박한 시대가 준 우리 모두의 아픔이 아닐까 합니다.

우린 돌이키기 싫은 역사의 획을 긋는 두 사건, 나라 빼앗긴 설움과 동족상잔의 비극을 가슴에 안고 이 시대를 살아가야 하는 서글픈 현실임에도 잊고 살아가지는 않는지 생각해 보아야 할 일입니다.

근래 들어 많은 사람들이 억눌렸던 자기 표출의 기회로 혹은 과거 행적의 위상 정립을 위한 갖가지 합리화에 열을 올려 자신을 지키려함을 볼 수 있습니다. 부모 형제를 속이는가 하면 이웃을 매도하여 자기만의 영역을 선점하기 위한 권모술수를 서슴지 않아 우리네 마음을 울리곤 합니다.

국토의 지정학적 위치로 우리 선조들은 단군 이래 수없이 외침을 당하였지만, 고구려인의 불굴의 의지와 신라인의 깅한 끈기도 이를 극복하였음은 역사를 통해 알 수 있습니다.

그토록 우아하고 정제미 넘치는 상감청자를 빚었던 고고한 얼은 분명히 후손들에게 끊이지 않고 이어지고 있습니다. 포효하는 올림픽의 함성 속에서도 온 인류의 마음과 마음을 잠실 잔디밭 굴렁쇠 하나에 담는 지혜를 유감없이 발휘하였습니다. 이념을 초월하고 갈등과 대립의 빗장을 열어 세계 평화를 향한 화해 무드의 불씨가 되었다 해도 과언이 아닐 것입니다.

이제 우리는 비록 몸은 바쁘더라도 마음만큼은 여유를 갖도록 해야겠습니다. 서로 서로를 이해하고 포용함으로써 아픔으로 성숙되어지는 울을 가꾸며 살면 어떨까 합니다.

열기 가득한 초여름의 햇살에 폭폭 고개 떨구는 달맞이꽃 사이로 굵어지는 아침 햇살이 나를 현실로 이끌었습니다. 이른 새벽부터 어른대던 사람들이 눈짓으로 서로를 확인한 후 하나, 둘 둑 아래로 사라지고 있었습니다.

남대천으로 번진 그네들의 인정의 꽃을 뒤로 하고 집 근처 모퉁이를 지날 무렵이었습니다. 왼쪽 방향등(깜빡이)을 숨 막힐 정도로 '깜빡깜빡' 거리며 서 있는 검은 승용차를 발견할 수 있었습니다. 주머니 속 구슬을 만지작거리던 아이는 실눈의 아픔으로 응시하며 한동안 서 있었습니다.

촉촉한 땀이 배어 난 아이의 손을 끌며 걸어오는 동안 아이의 강인한 맥박이 일정하게 토닥거렸습니다. 발걸음 따라 고르게 들리는 구슬 부딪는 소리가 토닥이는 맥박 수와 어우러졌습니다.

나는 오늘도 헛되지 않은 삶의 하루를 자리매김하는 간이역에서 상큼한 아침으로 매표하려다 '아까 그 자동차 방향등만이라도 '껌뻑껌뻑' 하게 만들었었더라면' 하는 아쉬움이 가슴 전체로 도졌습니다.

경포호숫가에서

태백산 준령인 대관령 굽이마다 뽀얗게 걸터앉은 구름이 파란 바다를 바라보는 모습이 너무 평화롭게 느껴집니다. 촉촉한 비가 내리고 있는 탓인지 붉게 혹은 노란색으로 소리 없이 타들어 가던 나뭇잎들이 잠시 멈추었습니다.

경포대 주위를 비롯하여 군데군데에는 계절에 맞지 않는 꽃망울 같은 것을 터뜨리려는지 빨갛게 아른거립니다. 얕은 산속 어느 집에선가 뿜어내는 잿빛 연기가 솔숲을 헤집으며 하늘 끝으로 흘러가는 모습은 차라리 세상을 평화롭게 울려주는 종소리같이 느껴집니다.

흐트러진 머리카락을 쓸며 잠시 발을 멈춥니다. 호수 저편의 빛바랜 갈댓잎 사이로 올 한해가 뉘엿뉘엿 눕는 듯합니다.

이곳을 지나며 자주 느껴보는 일이지만, 오늘은 기분이 한껏 들뜹니다. 보이지 않던 철새들이 계절의 끝을 물고 경포호수를 찾은 것입니다. 청둥오리를 비롯하여 고니, 왜가리, 갈매기 등 많은 새들이 서로가 무리를 지어 호수 위를 떠다니고 있습니다. 먹이가 없어서인지 자주 물밑을

쪼며 바삐 움직입니다. 얼마 전만 하여도 수면 위로 고기가 치뛰는 모습을 볼 수 있었으나 요즈음은 전혀 보이질 않습니다. 그저 고요한 물만이 하늘을 담고 있을 뿐입니다. 호수 서쪽 끝에서 기다란 꼬리를 늘어뜨린 채 졸고 있는 준설용 철선 한 척이 오늘따라 더욱 역겹게 느껴집니다.

생활이 바빠서인지 아니면 날씨 탓인지 근래에는 낚시꾼을 만날 수 없어 퍽 아쉽습니다. 그래서인지 일정한 터를 잡아 세월을 낚는 단골 태공들의 소박한 이야기가 그리워지고 바삐 움직이는 그네들의 손놀림 속에서 생기 넘치는 삶을 반추하고 싶습니다.

지난여름, 살인적인 더위와 가뭄은 우리 모두를 숨 막히게 했습니다. 많은 농작물이 타들어 갔고, 경포호수의 수많은 물고기가 죽어갔습니다.

생전 처음 본 커다란 잉어, 붕어, 가물치 등 수많은 고기들이 물 위로 떠올랐고 살려고 발버둥 치는 고기떼가 한 줌의 샘물을 찾아 호수 가장자리의 유입구로 새까맣게 모여들었습니다. 나는 그때까지만 해도 경포호수 속에 그토록 많은 고기가 살고 있을 줄은 상상도 못 하였습니다.

동료들과 함께 고기를 한 마리라도 더 살리기 위하여 역류되는 바닷물을 차단시키고 양수기를 동원하여 샘물을 유입시키는 한편, 산고기를 포획하는 것을 막기 위하여 밤낮으로 안간힘을 썼지만 죽어가는 고기를 어쩔 도리가 없었습니다.

그토록 살려주자고 외쳤지만 시퍼런 갈고리, 낚시뿐만 아니라 그물, 칭 등을 든 사람들이 모여들기 시작하였습니다. 그네들의 물고기 포획하는 모습은 잔인하다기보다 측은하게 느껴졌습니다. 정이라곤 병아리 오줌만큼도 없는 듯하였습니다.

이성을 간직한 사람이라면 인자함이 있을 법한데도 샘물 한 모금 마시려고 몰려드는 잉어들을 찌르는 사람들을 '아마도 부모님 약 해드리려는 효자이겠지'하며 스스로를 위로했습니다.

당시 전문기관에 의하면 바닷물의 대량 유입과 수온 상승으로 인한 부영양화 현상으로 산소가 고갈되어 많은 어류가 폐사하였다지만, 호수 인근의 생활 오폐수가 큰 원인이었음을 누구도 부인 못 할 것입니다.

근래 들어 경포호수의 수질이 등외(5등급 이하) 판정을 받았습니다. 환경오염의 주범인 우리 모두의 책임이 크다고 아니할 수 없습니다. 흐르면 흐르는 대로 떠나가는 저 순박한 물에 더 이상의 아픔을 주지 말아야 되지 않을까 싶습니다.

맑은 호수를 간직하기 위해서는 미봉책을 지양하고 보다 더 종합적이고도 체계적인 투자와 개발이 필요할 때라고 봅니다. 어느 특정인에게 미루지 말고 시민 모두가 솔선 참여하여 수면이 거울같이 맑다는 옛 경포호를 만들었으면 하는 맘 간절합니다.

경포호수에 누구보다도 애정을 갖고 있는 것은 이곳에 태를 버린 나로서는 당연하겠지만, 유년시절 맑은 꿈을 띄우며 마음을 비춰보곤 하던 곳이기 때문입니다.

빌려온 자연을 손상시키지 않고 그대로 후손들에게 돌려주어야 하는 것은 우리네 의무입니다. 더 이상의 빚진 자가 되지 말아야 될 것입니다. 맑게 갠 경포호수에서 고기떼가 놀 때 우리 함께 호수의 청정수로 수혈을 하기로 약속합시다.

풀숲을 헤친 바람 몇 점이 가슴을 감싸옵니다. 낙엽 속에 묻어 두었던 산 사람들의 풋풋한 땀 내음이 코를 스칩니다. 숫기 없는 청둥오리 두어 마리가 흔들림 없는 수면에서 빗방울을 받아내고 있습니다.

계절을 연결시키려는지 빗줄기가 제법 굵어집니다. 올해도 얼마 안 있으면 하얀 눈이 호수 빽빽하게 몸을 풀겠지요. 마련한 정수淨水로 경건한 의식이 되게 하여 늘 우리 경포호를 찾는 전국 각지의 얼음 낚시꾼들을 환히 맞이하였으면 합니다. 그들과 함께 어우러져 정다운 꽃을 피우며 낚시를 드리운다면 반목과 갈등의 골은 치유되지 않을까 싶습니다. 잠시라도 낚시를 구멍 난 얼음 속에 담그고 있노라면 낚싯줄을 타고 들려오는 자연의 맥박을 누구나 느낄 수 있기 때문입니다.

올해도 추운 겨울은 어김없이 옵니다. 그리고 경포호수 또한 하이얀 은반이 되어 우리를 부를 것입니다. 꽁꽁 얼어붙은 태공들의 모습을 떠올리는 순간 죽은 지 꽤 된 큰 붕어 한 마리가 볼썽사납게 돌 틈 사이에 얹혀 있습니다.

불현듯 올 겨울, 텅 빈 호수에서 실망한 눈빛으로 분노를 삭이며 쓸쓸히 돌아서는 태공들의 발자욱 소리가 환청으로 다가옴은 나만의 예견일까요.

친구들의 뒷모습이 시야에서 멀어질 즈음
제법 살 오른 둥근 달이 그들의 사뿐한 발걸음을 위하여
밤하늘 가득 터지고 있었습니다.

-「삼십 년만의 첫 만남」에서

3

형
님
의

가
을

겨울 등산

대부분의 생물들이 침잠하는 겨울밤은 활동해야 하는 우리들에겐 때론 지루하게 다가오기도 합니다. 을씨년스러운 바람 소리가 '윙'하고 돌아가는 보일러 소리에 얹혀 간간이 토막을 내는 동안 수없이 지나치는 꿈의 연속은 늘상 몸을 찌뿌듯하게 만듭니다. 잠자리에서 일어나 맑은 햇살이 창가에 부서지는 것을 접할 때면 그 상쾌함이란 이루 말할 수 없습니다. 햇살이 잘게 부서질수록 우리네 마음은 잔잔한 물결로 일렁이곤 합니다.

오늘 창밖은 바람 구르는 소리가 거칠게 느껴집니다. 앞산의 마른 솔숲 사이로 임동의 세월이 비비대며 빠져나오고, 산기슭 경사진 곳을 피해 군락을 이룬 억새풀이 한눈에 들어옵니다. 삭풍에 몸을 추스르며 폈다 뉘곤 하는 핏기 없는 억새풀이 무대 뒤로 벌써 사라져야 할 늙고 병든 배우 같아 측은하게 느껴집니다. 대부분의 사람들은 추위가 시작되면 저절로 움츠러들기 일쑤입니다. 가족들과 함께 스키·등산·낚시 등을 통하여 하루하루를 보람 있게 보내는 실속파가 있는가 하면, 벌건 대낮에도 텔레비전 채널과 씨름을 하면서 식상한 아내의 잔소리와 아이들의 조잘거림에 짜증을 내다 하루해를 넘기는 간 큰 파도 있습니다.

이 한심한 꽁생원이야말로 대부분의 공휴일을 가족과 함께하기는커녕 새벽이 되기가 무섭게 홀로 밖으로 향하곤 합니다. 무슨 역마살이 끼었는지도 모르지만…. 그래서 아내는 늘 못마땅하다고 불평입니다. '결혼을 한 후에도 낭만적으로 살아가자고 해 놓고 순전히 사기꾼이었다', '낭만이 똥만(?)으로 변했다'며 농담 반 진담 반 야단입니다. 큰애의 걸음마가 시작될 무렵부터 나의 감언이설이 시작된 듯싶습니다. '아이들 손으로 라면이라도 끓여 먹을 때까지 기다리지 못 하냐'며 하루에도 당근을 몇 근씩 먹였던 세월이 10년이나 되어 갑니다.

어제 토요일 오후 늦게까지 동료들과 테니스를 친 후 우승 기분으로 막걸리 몇 잔을 나누다 이슥하게 집으로 돌아왔으니 집에서 비비적거려야 마땅한데도 오늘도 예외일 수 없습니다.

달포전 K선배를 비롯한 몇몇 동호인들이 산악회를 구성하였습니다. 지난 첫 모임에 참석치 못한 죄책감 탓에 오늘 산행은 꼭 참여하기로 마음먹었던 터여서, 며칠 전부터 아내에게 산에 갈 계획을 말했습니다. 아내가 일찍 일어나 준비한 도시락과 따뜻한 보리차, 몇 가지 과일 조각들을 배낭에 차곡차곡 넣습니다. 그래도 무던한 아내의 배웅을 받으며 용감무쌍하게 찬바람을 가르며 집결지로 향합니다.

"어이 어서 오세! 춥지?"

M선배의 다정한 안부 말이 마음을 따뜻하게 해줍니다.

"괜찮아요. 늦어 미안합니다." 하며 시계를 보니 약속 시간이 거의 다 되어 갑니다. 일일이 악수를 건네는 동안 C회원을 비롯한 몇몇이 가쁜 숨을 몰아쉬며 우르르 달려옵니다. 인원수를 파악한 뒤 대기해 놓았던 봉고차에 탑승하여 대관령 정상으로 향합니다.

목 타는 성산 뜰이 차창 옆으로 바삐 비켜섭니다. 반듯하게 누워있는 논다랑이마다 마른버짐이 번집니다. 유례없는 겨울 가뭄이 전국을 강타하고 있습니다. 날이 갈수록 오존층이 파괴되어 지구의 온난화 현상이 두드러질뿐더러 지진, 가뭄, 홍수, 산불 등 예기치 못한 자연 재난이 인류의 생명을 압박하고 있는데도 환경 파괴의 주범들 대다수가 불감증에 사로잡혀 있어 안타깝습니다.

대관령 굽이굽이마다 나타나는 활엽수들이 말라비틀어진 채 요즈음은 '역사 바로…'를 의식해서인지 푹 엎드린 채 꼼짝을 않고 있습니다. '복지안동' 그 자체랄까? 가끔씩 울리는 자동차 경적 소리에 귀를 쫑긋이며 솜 눈을 부비지만 산마루부터 골짜기 깊숙이 쏠어내리는 산바람에 각혈만을 반복합니다. 앞으로도 몇 밤의 찬 서리를 더 맞아야 새움이 트일 듯싶습니다. 저렇게 모진 추위를 이겨낸 대관령의 수많은 나무들은 옹골차고 생명력이 있어 가지마다에 성령이 배여 있음직도 합니다. 대관령 정기를 받은 저 수호목들이 있었기에 우리 고장 강릉은 커다란 사건 사고 없이 지금껏 아기자기하게 살아가고 있는지도 모릅니다.

대관령 굽이를 이리 쓸고 저리 쓸며 치닫는 봉고차 내의 경쾌한 경음악에 맞춰 흥얼거리는 회원들의 콧노래가 서로를 가깝게 해줍니다. 두런두런 살아가는 이야기들이 막바지 꽃을 피울 즈음 숨을 헐떡이던 자동차가 대관령 정상에 도착합니다. 차에서 내리자마자 매몰차게 불어오는 영세(?)바람이 찌든 속을 훑쳐냅니다. 산발치에 희미하게 내려다보이는 강릉의 뒷모습이 동양화처럼 다가옵니다. 밤새 독한 폐수가 흘러들었는지 남대천의 칭얼거림이 유독 심하게 들려오는 듯하고, 작은 도시 속의 집들이 손을 맞잡고 동해로 나서고 있습니다. "아!" 하는 탄성이 절로 나오는 아름다운 풍경입니다. 일행은 짐과 신발을 조인 후 산악 대장인 K 선배의 안내를 받으며 겨울 산을 오릅니다. 오늘 산행은 대관령 휴게소에서 능경봉 정상을 거쳐 제왕산으로 하산하는 코스입니다. 능경봉 입구에 '인풍비'라 새겨 놓은 기념비 하단에서 흘러나오는 생수를 한 모금씩 마신 뒤 목적지를 향해 발길을 재촉합니다. 칼바람에 부딪는 나무들이 '꺼억꺼억' 소리를 냅니다. 몹시 힘겨운 모양입니다.

모두가 오르막길은 자신들의 신코만 보고 걷습니다. 지금껏 인생의 여정을 추 없는 저울로 재어가며 축적되었던 폐유물을 토해냅니다. 몸 전체로 땀이 번져 일행들의 등에서 김이 모락모락 오릅니다. 정상으로 올라 갈수록 잔설이 제법 널려 있습니다. 얇게 깔리운 눈길을 걷기가 여간 힘들지 않습니다. 칠부 능선쯤에서 K회장이 "좀 쉬었다 가자." 하자 "좋습니다!" 모두가 약속이나 한 듯 반색입니다. 귤, 오이, 사과, 배 등의 겨울 과일을 베어 먹는 맛은 일품입니다. 시린 맛도 이빨 사이로 묽게 녹아 내립니다. 이마의 땀을 수건으로 훔치는 C회원이 "오늘 등산이 너무 힘들다"며 투덜댑니다. M회원이 "ABS 브레이크 장착도 안하고 어떻게 따라 나섰냐"며 핀잔을 줍니다. 아닌게 아니라 C회원의 신발이 너털한 운동화입니다. 막내둥이 회원이 "엊저녁 엎드려 잤느냐" 고 짓궂은 농으로 거들며 한바탕 웃음꽃을 피운 후 가파른 정상에 다다릅니다.

인근에 견줄만한 산이 없습니다. 강릉, 평창 지역이 한눈에 훤히 내려다보입니다. 눈을 흘긴 세찬 바람이 나무 끝을 타고 미끄러져 달립니다. 큰바람들은 어디서 왔다 어디로 사라지는지 쉼 없이 이어집니다. 숱한 사람들이 이곳에서 숨을 몰아쉬며 무슨 생각에 잠길까요? 아마도 삶의 슬픔보다는 기쁨을 더 생각하면서 가장 순수하고 커다란 소망 하나씩 빌어 보겠지요. 달이 차면 기울고, 산 또한 오르막이 있으면 내리막이 있듯, 우리네 인생 또한 그런 것 아니겠습니까. 주어진 책무를 다하기 위하여 많은 좌절과 기쁨을 교감하면서도 순간순간을 놓칠세라 발버둥 쳐 온 우리들. 파괴는 건설의 아버지요, 실패는 성공의 어머니가 아니라던가요. 대부분의 사람들은 산에 오르면 삶을 뒤 돌아보게 될뿐더러 장래의 희망이 절로 솟습니다. 이렇듯 우리들의 심신의 일부가 된 산은 생의 채찍으로 자리매김 하였다고 해도 과언이 아닐 것입니다.

제왕산 허리를 밟으며 성산 어흘리로 하산하는 동안 산 속의 사람들을 많이 만납니다. 앞서거니 뒤서거니 몇 번이고 마주쳐도 싫증이 나지 않습니다. 먼저 본 사람이 가벼운 인사말을 건네면 큰 죄라도 지은 양 급히 되받아 건넵니다. 울창한 나무 사이의 산길을 걷다 보면 미안한 맘도 많이 듭니다. 등산로변의 숲은 등산객들의 손때가 묻는 만큼 시름시름 앓다 심지어 죽어 가는 것도 있습니다. 산행 때는 가급적 나무와 숲을 잡지 않는 습관을 들이는 것이 좋겠습니다.

어흘리에 도착한 일행은 주막에 들러 시원한 막걸리로 뒷풀이가 무르익어 산행은 절정에 이릅니다. 만장일치로 정한 'ㅈ산악회'의 발전을 위하여 '쨍' 소리와 함께 위하여 함성이 온 골을 뒤흔듭니다. 시간 가는 줄 모르고 유머와 위트를 섞어 가며 서로 주고받는 이야기 속에 오욕五慾이 술잔 속으로 용해되어 '우리'라는 것을 새삼 확인합니다. 누군가가 "O 선배는 어쩜 '뒷풀이'라는 잿밥 탓에 꼭꼭 참석하는지도 모른다."고 하자 폭소와 함께 모두들 막걸리 잔을 비웁니다. 항상 건강하고 혈기 왕성한 O 선배의 주량은 아마도 밑 빠진 독일 겁니다. 몇 순배를 거쳐 취기가 오른 우리 일행 모두는 짐을 챙긴 후, 다음 달 산행을 약속하며 시내버스에 오릅니다. 버스엔 낯선 승객들이 제법 빼곡합니다. 앉거니 서거니 한 일행은 눈만 지그시 감은 채 말이 없습니다.

즐거운 겨울 산행을 마친 날새들. 지친 나래를 접으려 각자의 둥지로 향하지만, 내일이면 또 다른 깃을 세워야 하겠지요. 〈바람과 함께 사라지다〉에서 '내일은 내일의 태양이 뜬다.'는 스칼렛 오하라의 이죽거림을 떠올리며.

즐거운 테니스

오늘도 고요한 아침 공기를 가르며 자동차로 10여 분 거리에 있는 테니스장으로 향합니다. 여명인데도 운동장에서는 일찍이 나온 동호인들이 게임을 하느라 정신이 없습니다. 그들과 인사를 주고받을 때마다 늘 새로운 사람들을 만나는 기분입니다.

나의 상쾌한 아침을 여는 소리는 샛 노란색 테니스공의 울림이라 해도 지나치지 않습니다. 서로 주고받는 작은 공 속에서 서로를 확인하게 됩니다. 분위기가 무르익으면 서로 게임을 하기도 합니다.

생활 수준이 높아서인지 몇 년 전부터인가 건강에 대한 관심이 높아지면서 남녀노소를 가리지 않고 새벽 운동은 물론, 저녁 운동을 즐기는 사람들을 자주 볼 수 있습니다. 골프, 축구, 마라톤, 배드민턴, 헬스, 수영, 등산 등 각자의 취향과 소질에 따라 다양합니다.

10여 년 전까지만 해도 테니스 운동은 고급 운동으로 인식되어 선뜻 시작하기가 쉽지 않은 듯하였으나 지금은 대중운동으로 자리를 잡지 않았나 생각됩니다. 또한 이형택 선수가 세계무대에서 두각을 나타낸 후

급속도로 테니스 인구가 증가한 면도 있습니다.

사실 운동을 좋아하는 나는 여러 부분에 관심이 많습니다. 테니스는 물론이고, 축구, 등산, 낚시 등 혼자 하는 운동보다는 주로 동호인들과 어울리는 놀이를 좋아합니다. 그러다 보니 가족과 함께 하는 휴일은 거의 없다고 해도 과언이 아닙니다. 지금껏 살아오면서 가족들에게 점수를 따기는커녕 쫓겨나지 않은 것이 다행일지도 모를 일입니다.

20여 년의 짧지 않은 구력에도 불구하고 실력은 초보 수준에서 맴돌고 있습니다. 주변에서 멋들어진 샷을 구사하며 게임을 즐기는 동호인들을 보면 그렇게 부러울 수가 없습니다. 그동안 테니스 레슨을 받은 적 없이 백보드를 파트너로 삼아 어깨너머로 체득한 실력인지라 기대를 너무 많이 하는 것은 과욕이 아닐 수 없습니다. 그래도 주변에서는 백보드 출신(?)치고는 잘한다는 이야기를 듣기도 합니다.

동호인들의 테니스 경기는 복식 게임을 주로 합니다. 서로가 안면식도 없는 파트너 사이도 금방 친해져 무언의 약속으로 서로를 격려와 인정을 하면서 시작할 때와 끝날 때 서로 악수를 하는 매너 있는 경기 중 하나입니다.

테니스는 다소 층이 엷고 폐쇄적인 종목이라 오늘은 상대편이나 내일은 파트너가 될 수 있고, 오늘의 일을 집에 가서 후회하기보다는 우선 상대를 존중하여 줌으로써 자신도 인정을 받을 수 있는 더불어 즐길 수 있는 문화기 아닐까 합니다.

먼저 테니스를 접하거나 기술이 월등한 상대는 상수로 인정하고 경기가 끝난 후 예를 다할 때 비로소 자신도 상대에게 인정을 받고 즐거운 마음과 분위기에서 테니스를 즐길 수 있습니다. 상대보다 조금 잘 친다거나 커리어를 내세워 우쭐하고 상대를 인정하지 않는 동호인들도 간혹 볼 수 있습니다. 이러한 동호인들과 경기를 하고 나면 운동을 통하여 해소하려던 스트레스가 배로 쌓이는 경우가 있습니다.

동호인들도 각양각색의 성격과 인품의 소유자이지만 시합에 임해서는 상대를 이기고 싶은 게 인지상정입니다. 파트너쉽은 복식 경기에서 볼 수 있는 조화의 절정입니다. 좁은 공간에서의 파트너쉽의 중요성은 무엇보다 서로를 신뢰하는 믿음이 있어야 된다고 봅니다.

실력이 더 나은 사람이 파트너에게 격려와 사기를 북돋우어 주면서 경기에 최선을 다하는 동호인들의 모습은 아름다운 삶의 일부입니다. 그러나 상대를 무시하거나 자신의 과오는 실수로 치부하면서 파트너에게 책망을 하며 건성으로 경기에 임하는 사람들을 접할 경우가 있습니다.

물론, 경기장 안에서의 일은 밖에 나오면 없었던 걸로 하는 것이 상례지만 때로는 간단하지는 않을 경우가 있어, '관포지교'가 '견원지간'으로 변할 수 있습니다. 특히, 테니스 경기는 서로가 기본적인 예를 지키면서 상대를 이해하는 아량이 필요하다고 봅니다. 돌이켜 보면 나 또한 부덕한 면이 많아서 운동을 해 오는 동안 부끄러운 일들이 많았던 듯합니다. 지금도 낯이 뜨거워 기억하기 싫은 순간도 있습니다.

스포츠 중에 기록 경기가 가장 이기적이고 다음이 네트를 두고 하는 경기라고 합니다. 네트를 두고 하는 테니스도 자기 맘을 다스리지 않으면 독이 될 수 있다는 뜻 아닐까요?

동호인 중 매너에서부터 폼까지 멋스러움이 묻어나는 J선배가 공을 칠 때면 마치 학이 날아가는 듯합니다. 어쩌다 J선배가 공을 함께 쳐주면 그렇게 반가울 수 없습니다. 그에게서 넘어오는 공은 심장 박동같이 늘 일정하면서 따뜻합니다. 넘치거나 모자람이 없는 진솔한 삶의 메시지를 땀방울로 담아내는 동안 인생을 배우게 됩니다. 그와 함께하는 테니스를 통해서 얻은 겸손과 양보의 미덕은 내 인생의 값진 자산이 될 것입니다.

잠자리에 들기 전 바깥 하늘을 올려다보는 습관이 있습니다. 오늘따라 깊은 하늘 가득 총총히 박혀있는 별빛이 향기롭습니다. 내 삶의 편린들을 하나둘 줍기 위하여 내일 아침에도 테니스장으로 향할 것입니다. 앞으로는 좀 더 넓게 생각하고 자신을 내세우지 않는 즐거운 테니스를 하여야겠습니다. 건강한 체력뿐만 아니라 상대방을 먼저 생각하고 좀 더 양보하는 겸손한 마음을 길러야겠습니다. 부끄러웠던 삶들을 지워내고 그리운 이웃들을 내 맘 속 깊이 머물게 하기 위해서 말입니다.

소금강은 금강산의 축소판이라고 합니다. 국립공원 오대산 일부인 소금강은 예부터 맑은 폭포와 수려한 기암괴석, 빼어난 풍광을 자랑하여 작은 금강산 같다고 하여 소금강이라 불려오고, 황병산을 주봉으로 우측의 노인봉, 좌측의 매봉이 학이 날개를 편 듯한 형상이라 하여 청학산이라고도 하며 명승지 제1호로 지정되어 있습니다.

특히, 아미산성의 유래에 못지않게 아홉 마리의 용이 폭포 하나씩을 차지하였다고 하는 구룡폭포와 만 가지 형상을 하고 있는 만물상은 소금강의 유명을 더합니다.

산이란 다 그렇겠지만, 특히 소금강엘 가면 삶의 여정을 느낄 수 있습니다. 소금강의 흐르는 물소리엔 생명의 탄생을 알리는 울림이 있을뿐더러, 늘 다그치지 않으면서 기다리는 유연한 삶의 멋이 있습니다. 돌고 돌아가는 물굽이로 높은 곳은 돌아가고 막힌 곳은 쉬기도 하면서 가장 낮은 곳을 찾아 흘러가는 소금강물엔 이처럼 겸손함이 배어 있습니다.

산자락 아래서 자란 탓인지 나는 산을 유난히 좋아합니다. 특히나, 소금강을 찾을 때마다 산은 산대로 물은 물대로 다른 모습으로 다가와 늘 가슴이 설렐뿐더러 나의 자화상을 보면서 가장 낮은 나를 만들 수 있기 때문입니다.

늘 느끼는 일이지만, 오묘하게 변화하는 사계의 모습들을 정지된 사진으로 담아내기란 여간 힘들지 않습니다. 거기엔 살아 숨쉬는 소금강의 혼이 있기 때문이 아닐까 합니다.

소금강의 봄은 나뭇가지 끝으로부터 옵니다. 기나긴 동면을 지난 나무들이 기지개를 펴며 일렁이기 시작하면 소금강엔 어김없이 생명의 싹들이 움틉니다. 봄볕이 조금 길어지면 소금강은 금새 연푸름으로 바뀝니다.

생명의 끈이 주렁주렁 열린 소금강에 가면 꿈 많던 어린시절로 돌아갑니다. 커다란 바위를 깨기도 하고 물 위에 떠다니면서 종족을 이어가는 야무진 생으로 자기만의 영역과 존재로 조화를 이루는 이름 모를 들풀을 자주 만나곤 합니다. 그래서인지 소금강의 봄은 부모님 생각이 자꾸 떠오르게 하기도 합니다.

또한, 살아있는 소금강의 여름은 자신감과 용기를 줍니다. 흐르는 계곡 물에 잠시 발을 담그면 시원함이란 이루 말할 수 없을 뿐더러 삶의 의미를 재확인하게 됩니다. 온통 연초록인 소금강의 수목들이 성글어져 흐르는 폭포수에 빠질 듯 할 때면 한껏 물 오른 매미소리에 혼절하기도 합니다.

녹음이 우거진 산속에 들면 햇빛도 녹색으로 변합니다. 끈적끈적한 근육질로 변해가는 짙푸름의 소금강 숲은 여인들의 가슴을 뛰게 합니다. 어느 한적한 숲에 앉아 있으면 왕성하게 꿈틀거리는 자연의 몸짓에 욕정을 느끼고도 남을 만합니다. 그런 연유인지 땀을 훔치며 하산하는 여인들의 얼굴마다 홍조로 물들어 있는 것을 자주 목격할 수 있습니다.

육신의 욕심을 덜어내는 소금강의 가을 단풍은 백미입니다. 봄이 온갖 색을 흡수한다면 가을은 색깔을 발산합니다. 신혼 방을 옮겨 놓은 듯한 산방은 화사합니다. 형형색색의 소금강의 가을 풍경은 거울 앞에 앉아 화장을 하는 중년 여인의 마음 같아서 수줍은 듯 우아하게 자신의 색깔을 입히는 큰누님 모습을 떠올리게 합니다.

소금강의 가을은 깊어 갈수록 인생에 있어서 황혼기에 접어드는 듯합니다. 지나온 삶을 뒤 돌아보면서 희로애락의 주름진 눈가로 그저 빙긋이 웃는 모습이 산 그 자체입니다. 자기 무게를 덜어내며 자신의 혼으로 빚은 씨앗과 열매를 자연으로 되돌려주면서 소금강의 저무는 가을은 산 짐승들과 공생할 새로운 준비를 합니다.

칼바람이 휘휘 젓고 다니는 겨울이면 소금강은 위상을 드러냅니다. 묵직함은 물론이요, 그 기백 또한 으뜸입니다. 강가 버드나무는 겨우내 생명의 끈을 멈추지 않으려고 물길 질을 계속하다 지치기도 합니다. 뿐만 아니라, 햇살에 반사된 하얀 눈꽃의 아름다움에 눈이 멀어 길을 잃을 뻔하는 경우도 있습니다. 행여나 소금강에 눈이 내리면 산을 찾는 이들로 인산인해를 이룹니다.

　간혹, 폭설이 내려 소금강의 나무 꺾이는 소리를 들으면 가슴이 미어질 때도 있습니다. 먹이를 구하려는 산 짐승들의 애절함이 떠오르기 때문입니다. 그러나 그것도 잠시뿐, 길모퉁이에서 졸고 있던 장끼며 산 길 옆에서 먹이를 받던 다람쥐들을 다시는 못 볼 것만 같지만 봄이 되면 어김없이 우리를 반깁니다.

　이렇듯 소금강의 사계는 우리네 삶과 같이 합니다. 어린시절부터 황혼기에 이르기까지 인생과 철학이 있는 곳입니다. 소금강은 자신의 존재를 때에 따라 한껏 알립니다. 때와 장소를 오버해서 나대는 몇몇 사람들 같이 않습니다. 때가 오면 재촉하지 않아도 자신을 자랑합니다.

　다음 주말에는 소금강엘 올라야겠습니다. 내가 자주 소금강을 찾는 이유도 그 아름다움이겠지만, 또한 나타내지 않으면서도 언제나 반갑게 맞이하는 내 인생의 변치 않는 동반자이기 때문일 것입니다.

진정한 친구

　수정같이 깨끗한 물과 야트막한 산이 어우러져 한 폭의 그림을 연상케 하는 강릉! 도시 전체를 꼭 껴안으며 초록빛 이슬만이 주르륵 흘러내려 금방이라도 가슴 전체를 적셔올 것만 같은 아리따운 곳입니다. 강릉은 수려한 자연경관 못지않게 예를 근간으로 하는 인정 많은 고장이기도 하려니와 환한 이웃들이 살며 전통이 살아 숨 쉬는 곳이기도 합니다.

　항상 동해의 푸른 파도를 밀치며 솟는 햇덩이를 볼 때마다 생명의 끈끈함이 이어지고, 대관령에 누운 저녁노을 속에 이들의 숨결이 고르게 투영될 때면 아담한 도시는 씨줄과 날줄이 촘촘한 텃밭을 일구곤 합니다. 생기 있는 도시에 갖가지 꽃나무들이 이울고 피는 동안 많은 사람들이 가고 또 옵니다. 이 지역에서 태를 버린 이들은 물론이거니와 외지인들도 해를 거듭할수록 찾아오는 횟수가 늘어나고 있습니다. 우리 지역과 연을 한번 맺으면 떨치기 어려운 신력神力이 있어 때만 되면 찾아드는지 모를 일입니다.

강릉에 살고 있는 사람들은 피서철 되기가 무섭게 손님 접대(?)에 열을 올려야 합니다. 때론 본인의 휴가는 반납하기 십상이고 헌신적으로 봉사만 하는 사람도 더러 있습니다. 그래도 지우들이 휴가차 강릉에 온다는 소식을 접하면 반가워 어쩔 줄 모르고, 행여 연락이라도 없이 왔다 가면 난리가 나고 서운한 마음은 쉽게 가셔지지 않습니다. 그립던 친구일수록 도착 일을 표시해 놓은 달력을 자주 들여다보면서 집안 청소를 하고, 맛깔스런 반찬도 만들어 놓고 가깝던 친구들에게 연락도 해 놓습니다. 이렇게 해서 만난 지우들과 밤새는 줄도 모르고 얘기꽃을 피우며 옛 추억을 더듬다 보면 서로 작아지는 마음속에서 소중한 삶을 곱씹게 됩니다.

지난여름에는 서울에 살고 있는 쌍둥이네가 가족들과 함께 고향을 찾았습니다. 20여 년의 학창시절이 지나고 각자 가정을 꾸린지 처음 만난 것입니다. 미리 연락을 해 두었던 ㅎ선생이 정동진의 한 민박집으로 안내하여 쌍둥이 가족들이 여장을 풀게 하였습니다. 다음날 나는 가족들을 데리고 정동으로 향하였습니다. 여름 햇살이 아스팔트길 위에 엎드린 채 미동도 하지 않는 듯하였습니다. 차창 너머로 보이는 파란 바다가 무더위를 반쯤 접고 있었습니다. 북한 잠수함이 침투했던 곳에 다다르니 많은 관광객들로 붐볐습니다. 침투 흔적은 없지만 무장한 초병들이 경계를 늦추지 않는 모습이 분단국의 아픔을 실감케 하였습니다.

구불구불힌 해인 도로를 따라 정동진에 도착하였습니다. 서울에서 가장 동쪽에 위치해 있다하여 명명된 정동正東은 모래시계의 촬영지로 방영된 후로 전국적인 관광 명소로 급부상한 곳입니다. 흰 모래밭을 등에 업은 구 역사驛舍 모습이 편안한 감을 줍니다. 비스듬히 앉아있는 소나무 한 그루가 오가는 이들을 불러 세우고 추억의 배경이 되곤 합니다.

때마침 도착한 완행열차에서 쏟아지는 피서인파에 휩쓸려 우리 가족은 바다로 향하였습니다. 작은 출렁 다리를 건널 때 먼저 와 있던 ㅎ선생과 쌍둥이 아버지가 주위 사람들은 아랑곳 하지 않고 손을 흔들며 "꼬집아! 여기야 여기. 빨리 와 임마!" 하고 소리를 쳤습니다. 오랜만에 가슴으로 불러주는 나의 아명에 눈시울을 훔치는 사이, 앞에 가던 아이들이 먼저 백사장으로 내달아 그들과 쉽게 합류하였습니다. 많은 사람들이 알몸으로 물속에서 헤엄을 치고 있었습니다. 파도에 뒤척이는 여인네들의 몸매가 너무 아름다웠습니다. 화중지병畵中之餠이라지만 탄력있고 곡선이 뚜렷한 여성들의 몸매는 보는 이로 하여금 젊어지게 할뿐더러 생의 활력을 불어 넣어 주는 듯하였습니다.

우리 가족과 함께 세 가족은 민물이 들락거리는 옆 백사장에 파라솔을 치고 자리를 잡았습니다. ㅎ선생네와 우리는 각자 가져온 음식을 풀어헤쳤습니다. 약속이나 한 듯 모두 향토 음식들입니다. 찐빵, 삶은 감자, 옥수수, 생고추, 물김치, 곤드레나물, 데친 호박잎 등 정겨운 것들입니다. 쌍둥이네 매형이 가지고 온 고기를 바다 내음에 뒤쳐 먹는 것은 더더욱 맛깔스러웠습니다.

ㅎ선생은 방학 중이어서 첫 날부터 쌍둥이네와 같이 했지만 사무실 출근관계로 늦게 온 나는 민망하였습니다. 친구는 눈치를 챘는지 술잔을 내게 자꾸 건네며 너스레를 떨었습니다. 줄곧 서울에서 생활한 쌍둥이네는 음식이 맛있다며 잘 먹었습니다. 아이들은 처음 만났는데도 금방 친구가 되어 한데 어울렸습니다. 우리 어른들도 더도 말고 덜도 말고 순수하게 뛰노는 아이들의 맘을 닮았으면 하였습니다.

시간이 깊어 갈수록 꽃피우는 우리들의 이야기 속에 옛정은 되살아나고, 바다가 불러주는 낮은 음률의 교향악이 고된 생활을 잠시 잊게 해주었습니다. 나풀거리는 솔바람에 실린 바다 내음이 끈끈한 정을 돋우어 옛 학창 시절을 수평선까지 끈으로 연결하였습니다.

우리 집은 경포였기에 중학교에 입학하면서 노암동 외가댁에서 학교 생활을 하게 되었습니다. 외가댁 근처에 살고 있던 쌍둥이 아버지는 같은 중학교에 다니면서 자연스레 친하게 지내는 사이가 되었고, 남대천 다리를 건널때면 언제나 둘은 하나가 되었습니다. 다리 위에서 바라보는 대관령 능선은 우리들을 감싸는 울타리가 되어 주었고, 남대천을 가로지른 기찻길은 변함없는 우정의 평행선이 되었습니다.

추운 겨울 동안 남대천 다리를 오가는 등하굣길은 자그마했던 우리들에게 강인한 삶을 갖게 한 실크로드였던 것 같습니다. 등교할 때면 남대천 강물 속으로 뛰어든 영세(?) 바람이 뺨을 두들기고 까까머리에 눌러 쓴 검은색 보자 옆으로 삐져나온 양 귀가 새빨갛게 익곤 했지만, 어둠이 깔리는 저녁때가 되면 사나운 추위도 남대천 다리 난간에 기댄 채 나누어 먹던 달콤한 호떡 맛에 녹아내리곤 하였습니다.

학교를 졸업하고 얼어붙은 강물이 실타래로 풀어져 강문 포구에 다다르던 그해, 우린 어줍잖이 헤어진 것으로 생각됩니다. 말보다는 킬킬거리며 호탕하게 웃던 친구는 예나 지금이나 웃는 맛은 여전하였습니다. 늦게 결혼한 친구는 쌍둥이 녀석을 키우느라 고생했던 얘기며 순진하기로 둘째가라면 서러운 ㅎ선생의 너스레와 심한 사투리를 섞는 나의 주책이 한데 어울리는 동안, 밤하늘 끝으로 하나둘 나타나는 별들이 아이들과 사내들의 눈동자에 알알이 박혔습니다.

수많은 사람들의 애환을 담은 정동앞바다는 이슥한 밤이 되자 추억의 손등이 되어 백사장을 토닥이고, 해수욕객들이 떠난 자리마다에는 추억들이 빼곡히 들어앉아 모래성을 쌓고 있었습니다. 모래성을 지키려는 어둠이 먼 산에서 급히 달려 나와 우리 일행을 친구의 숙소로 안내하였습니다. 걸어오면서 쌍둥이 형제는 몸에 붙은 모래 알갱이를 뜯어내느라 열심이었습니다. 바다 모래는 피부를 튼튼하게 해 주는 사실을 아이들은 모르는 듯하였습니다. 아마도 바다에 처음 온 것 같아서 몇 번 물어볼까 하다 타향살이의 고달픔이 친구에게 도질까 생각되어 묻지 않았습니다.

일행은 시내로 나왔습니다. 간단한 저녁 식사를 끝내고 노래방에 들렀습니다. 쌍둥이 형제는 소파에서 잠을 청하느라 정신이 없었습니다. 물놀이는 물론 몸에 묻었던 모래 알갱이들이 힘에 부쳤던 모양이었습니다. 우리 세 가족은 〈친구야〉 노래 합창을 끝으로 우정을 되새김하였습니다. 노래방을 나서며 매년 정기적으로 만날 것을 기약하면서 각자 아쉬운 발길을 돌려야 했습니다.

오늘 서울에 도착한 친구에게서 꼭 놀러 오라는 명령과 함께 신세 많이 졌다는 전화가 왔습니다. "그래 임마! 마커 놀러 갈테이니 좋은 술이나 마이 바워놔라." 하고 전화를 끊었지만 어쩐지 미안함이 앞섭니다. 친구를 위해서 하룻밤도 재워주지 못하고 함께한 시간도 얼마 갖지 못한 나에게 진정한 친구로 대해주어 눈물이 핑 돕니다. 소홀하게 대한 죄책감에 가슴이 아려옵니다.

누구에게나 친구가 있습니다. 그중에서도 목숨과도 바꿀 수 있는 진정한 친구가 있고 그저 알고 지내는 정도의 친구도 있습니다. 진정한 친구가 되기까지는 서로의 진실과 믿음이 앞서야 되리라 봅니다. 진정한 친구가 나에게는 몇이나 될까. 내 맘속의 컴퓨터에서 '진정한 친구' 파일을 열면 화면이 뜨지 않을까 두려움이 앞섭니다.

삼십 년만의
첫 만남

봄이 되면 결혼식을 비롯해 동문, 단체 모임 등 각종 행사가 열립니다. 온화하고 정이 많은 사람들이 모여 씨줄과 날줄로 얽히고 얽혀 사는 우리 고장은 지나치리만큼 많은 행사가 줄을 잇습니다. 전국에서 계契모임이 제일 많다고 조사된 것도 내가 살고 있는 이웃들의 심성과도 무관하지 않을 것입니다. 특히, 동문수학하던 친구들의 끈끈한 정은 별나서 졸업 후에도 초, 중, 고교 별로 모임을 자주 갖곤 합니다.

얼마 전 타 학교와 마찬가지로 초등학교 졸업 30주년 기념행사를 가졌습니다. 당시 은사님을 모시고 초등학교 친구들 모두가 헤어진 지 삼십 년 만에 첫 만남을 갖는 공식 행사인 셈입니다.

햇살이 굴러 내리던 반질반질한 옷소매를 걷어 부치고 뛰놀다 넘어지면 피 흐르는 살갗에 흙 뿌리고, 교정 등나무 넝쿨 아래서 탯줄 같은 고무줄을 밟아가며 몸매의 균형을 잡던 검정 고무신의 주인공들이 어느덧 중년이 되어 다시 만나기로 한 것입니다.

지금은 하늘 한번 쳐다볼 여유가 없겠지만, 우린 늘 눈을 지그시 감고 새털구름이 가득한 가을 하늘을 가로질러 저마다의 꿈을 키우곤 했었습니다. 조종사, 항해사, 의사, 판사, 선생님, 수녀, 시인 아니면 뭉게구름이 되고 싶다고 한 친구들이 경포 바다가 내려다뵈는 연회장 안으로 하나둘 찾아들기 시작하였습니다.

초등학교 교문을 나선 후 강산이 세 번이나 바뀌는 동안 우리 또래들은 유달리 많은 격정과 고난을 감내하면서 살아온 세대인 듯합니다. 그동안 '내 삶이 이것이 아닌데' 하면서도 평범한 한 인간의 이름 석 자를 지키는 이 순간까지 눈물겹도록 기쁜 날도 있었지만, 아픔과 슬픔을 남몰래 접어가며 앞만 보면서 살아온 날들이 더 많지 않았나 생각됩니다.

행사 시작 시간이 가까워 오면서 우아한 한복차림의 숙녀들과 말쑥한 정장 차림의 신사들과의 어색함은 잠시, 글썽이는 눈물과 뭉클한 가슴을 쓸어 내면서 와락 맞잡는 손과 손에서 순수한 옛정이 새살이 돋듯 되살아납니다.

웃음소리가 가득한 연회장 아래 에메랄드 빛 경포바다는 굳은 살 배긴 우리네 아버지 어깨만큼이나 흰 포말로 낮게 부서지고, 꿈틀거리는 먼 바다와 마주한 연인들은 어스름한 해변의 모래톱에 사랑을 담고 있습니다. 주위를 날아다니는 갈매기 떼가 핀잔을 주는 만큼 젊은 연인들의 피는 데워지고 비릿한 바다 염분이 그들의 사이를 더욱 끈적하게 하는 것 같습니다.

교기 입장과 함께 시작된 행사는 은사님과 총동창회장님을 비롯한 기관장님들을 모시고 130여 명의 친구들이 참석한 가운데 1부에서 3부까지 이어졌습니다.

2부 행사인 가요 주점에서의 멋진 노래 솜씨는 세월이 말해주듯 질곡의 긴 터널을 빠져나온 각자의 가락은 지루한 감이 있었으나 최선을 다하는 벗들의 진솔한 삶이 배어있는 듯하였습니다. 건강한 모습을 한 은사님들과 술잔을 주고받으며 함께한 모처럼의 만남은 하룻밤으론 부족한 아쉬움을 남긴 채 성황리에 막을 내렸습니다.

흡족해하시는 은사님들을 자택까지 승용차로 모셔드린 후, 울창한 해송 숲길을 걸어 숙소에 도착한 것은 자정 무렵이었습니다. 고향을 지키며 횟집 운영을 하고 있는 친구가 산 오징어, 가자미, 해삼, 멍게 등 싱싱하고 푸짐한 모듬회를 가져왔습니다. 한 방에 둘러앉아 소주를 겸하여 먹는 회 맛은 어머님 초유같이 신선하고도 감미로웠습니다. 밤이 깊어 갈수록 잿빛으로 변하는 정신을 되짚으면서 시공을 넘나드는 친구들이 늘어나는 사이, 몇몇은 동이 트일 때까지 파도 소리에 실려 오는 아련한 옛 추억의 잔해들을 퍼즐로 맞추려다 간혹, 찍어내는 눈물 훔치곤 벽을 향해 모로 누워 잠을 청하기도 하였습니다.

다음날 초당 순두부로 아침을 먹고 기별 체육대회에 참가하기 위하여 모교 운동장으로 향했습니다. 경포호수를 돌아 경포대로 이어진 가로변은 생동감이 넘쳐나고 있습니다. 달포 전 경포 들녘에 핀 화사한 벚꽃이 세찬 바람에 흩날리는 모습이 고향을 떠날 때의 친구들의 뒷모습과도 같이 허전하고 안쓰럽게 보이더니, 어느새 흐드러진 벚꽃이 진 텅 빈 가지마다 연한 잎 꼭지가 고향의 꿈을 다듬고 있습니다.

겨우내 털어 냈던 가로수마다 제 살 입히느라 연일 가쁜 숨을 몰아쉬고 있습니다. 처녀 총각 속 훑어내는 훈훈한 봄바람이 나뭇가지 끝에 걸려 그 자리에서 맴돌고, 살아있음을 향한 새로운 움틈이 하늘 끝까지 기지개를 펴려다 흉흉해진 세상인심에 짐짓 놀라 몸을 움츠리곤 합니다.

회장을 비롯한 우리 일행은 오죽헌 입구를 지나 정들었던 경포 초등학교에 도착하였습니다. 고향에 터를 잡고 있는 친구들은 별 생소함이 없지만 처음 교정의 흙을 밟는 벗들은 남다른 감회가 있어서인지 사방을 두리번거립니다. 그동안 건물을 비롯한 학교 환경이 많이 바뀌었지만, 등나무 아래는 야트막한 의자를 군데군데 설치한 것 외에는 옛 모습 그대로입니다. 등나무 넝쿨 아래 터를 잡은 우린 질서 있는 응원과 파이팅 넘치는 경기에서 종합우승기와 상금을 받는 영광이 있었지만, 저물녘 또 다른 삶의 비상을 위한 각자의 날개를 접으며 둥지로 돌아가는 친구들의 뒷모습에 눈시울이 붉어집니다.

이틀 동안의 짧고 아쉬운 시간들이었지만, 초등학교 졸업 후 삼십 년 만에 친구들이 첫 만남을 통하여 변치 않는 우정을 확인하고 자신을 뒤돌아보는 계기가 되었습니다.

하나둘 불 밝히는 가로등이 제 키 너머로 어둠을 밀어낼 때까지 행사 준비를 위해 애 많이 썼던 임원들과 함께 작별의 손을 흔들며 나시 만날 것을 기약하였습니다. 친구들의 뒷모습이 시야에서 멀어질 즈음 제법 살 오른 둥근 달이 그들의 사뿐한 발걸음을 위하여 밤하늘 가득 터지고 있었습니다.

형님의 가을

'바스락'하는 소리가 제법 크게 들려오는 탓인지 오가는 이들의 걸음걸이가 멈칫멈칫 거릴 때가 많이 있습니다. 이른 새벽 거리를 나서면 달빛에 시들은 많은 가로수 잎들이 선율을 그리며 무리 지어 떨어져 있습니다. 환경미화원들이 성크런 빗질로 낙엽들을 '싹싹' 쓸어 낼 때마다 해맑은 햇살이 아스팔트 위로 낮게 드리우고, 우리네 삶 또한 한 장의 역사 속으로 자리매김하곤 합니다.

요즘처럼 소슬히 불어오는 바람 앞으로 또 다른 계절이 익숙하게 날려 오면 생활을 펼친다기보다는 접는 편에 있곤 하는 게 나의 습관입니다. 밀린 서류 뭉치를 하나하나 챙기는가 하면 사소하게 넘겨 버렸던 집안일들을 재점검하기도 합니다.

때론, 고즈넉한 저녁 시간이 되면 창밖의 별들을 굴절 없이 바라보며 향기 진한 차와 함께 가냘픈 음악 소리에 맞춰 책장을 넘기기도 합니다. 그뿐이랴. 황금 물결치는 들판에서 빨갛게 타오르는 저녁노을을 가슴 가득 쓸어안고 낙엽 따라 가버린 사람을 아쉬워하면서 카멜레온 같은 여인들을 흠모하기도 합니다.

슬금슬금 찾아온 올가을은 '인큐베이터' 속에 한 두어 달쯤 보관하고 싶습니다. 그리곤 매일같이 따뜻한 불을 지피었으면 좋겠습니다. 지루했던 지난여름은 유난히도 자주 휩쓸었던 태풍 탓으로 일조량 부족과 저온의 연속으로 온 들판이 쪼그리고 있어 가엾기 때문입니다. 많은 싫증과 구토를 느끼게 했던 우중충한 지난여름을 자의 반, 타의 반으로 멀리 쫓아 버리고 나니 살 것만 같습니다. 근 몇 개월을 보내면서 좁은 이마 위에 실지렁이를 꽤 여러 마리 서식케 한 것도 거의 매일같이 혜비급으로 올라갔던 불쾌지수 탓이 아닐까 합니다.

그렇게 무덥던 여름 내내 아이들에게 시원한 바닷물에 발목 한번 담그지 못하게 한 것이 지금도 마음에 걸립니다. 새로운 부서로 자리를 옮긴 이유도 있겠지만, 이 핑계 저 핑계로 둘러댔던 나의 고정관념이 더 문제인 듯합니다. 그러나 무더위와 싸우면서 공허한 이 도시를 지킨 파수꾼(?)이었다고 억지라도 부리면 씁쓰레한 웃음이 주름살 위로 절로 번져옵니다.

지난여름은 무덥기도 하였지만 비바람 또한 유별스러워 한번은 A급 태풍이 정말 무섭게 들이닥쳤었습니다. 해일이 일어나고 천둥 번개를 동반한 폭풍우가 뽀얗게 몰아쳤습니다. 삽시간에 도로는 물바다를 이루었고, 급기야 하수구로 역류된 물 위에 뜬 도시가 세찬 바람에 휘청거리는 가로수들을 붙잡은 채 겨우 자리를 고정시키고 있었습니다. 온갖 농작

물은 침수되고 구석구석의 잡동사니들이 골목으로 쏟아져 나왔습니다.

나는 하던 일을 멈추고 안절부절못하는 여직원들의 등쌀에 밀려 동료와 함께 남대천 둑으로 나갔습니다. 빽빽이 흐르는 황토물에 잠긴 교각 상층부가 낫날 같은 빗속으로 보일락말락하고, 도시 전체를 감싸고 있는 남대천 제방 몇 군데가 밀어닥치는 물살에 붕괴될 위기에 놓여 있었습니다. 소리 지르며 치뛰고 내리뛰는 관계관들의 지시에 따라 일사불란하게 대처한 민, 관, 군 모두의 신속한 응급 복구로 파멸 직전의 도시를 건져낸 것은 빗줄기가 훨씬 가늘어진 이후였습니다. '만일 반 시간 정도라도 비가 더 쏟아졌더라면'하고 생각하면 지금도 아찔합니다. 자연의 섭리에 굴복해야만 하는 나약한 인간의 한계를 느끼게 했습니다.

다행히도 인명 피해는 없었지만 수마가 할퀴고 간 상처는 아직까지 곳곳에 남아 있습니다. 부러진 나무엔 이끼만 무성하고 물에 잠겼던 이삭들은 미풍에도 가벼이 흔들려, 나는 새들의 깃마저 힘이 없어 보입니다. 군데군데 패여 나간 하천 웅덩이진 곳이 시름시름 야위어 가는 농부들의 마음 같아 안타깝기만 합니다.

모내기쯤이었습니다. "올해는 농사 잘 지어서 빚도 좀 갚고, 동생 쌀 내가 대어 줌세. 밥맛이 좋은 쌀이니 쌀값이나 많이 내게." 하며 웃으시던 형님이 보고 싶어 차에 올라 홀연히 형님 댁으로 향했습니다.

해 질 녘인지라 사람들은 바삐 움직이고 거친 하품을 시작하는 들판엔 띄엄띄엄 도열병이 번서 엉글지 못한 벼 이삭들이 무너기로 자장 옆으로 밀려나고 있었습니다. 어릴 적 오목 볼록한 거울 속에 비쳐지던 빡빡머리 속의 쇠똥 같아 당장 도려내고 싶기도 하였습니다.

대문 없는 형님 댁에 들어서니 쇠여물 주던 형수님이 나를 반기셨습니다. 몇 달 전 뵐 때보다 푸석푸석해진 얼굴이지만 웃음이 가득합니다. 누렁이(소)가 큼지막한 새끼 한 마리 낳았다는 것을 눈짓으로 알립니다.

형수님의 손끝 따라 먹이를 먹고 있던 누렁이는 큰 몸짓으로 어린 새끼를 반대편 구석진 안전한 곳으로 자꾸 밀치며 낯선 나를 향해 경계를 늦추지 않습니다. 껌뻑이는 누렁이의 눈 속에서 모성애를 느낀 나는 형수님의 얼굴을 살피다가 몇 마디 주고받았습니다. 요즈음 돌아가는 사회에는 별 관심이 없으십니다. '세계화'인지 '국제화'인지 사건 사고 없으면 그저 그만이고 '금융실명'인지 '실명금융'인지 익숙지 않은 용어를 혼동하면서 왜 남의 이름으로 통장을 만드는지를 의아하게 여길 뿐, 농협 이자만이라도 싸지기를 고대할 뿐이랍니다. 어떠한 것이 고통 분담이고 전담인지 개의치 않고 예전같이 적은 돈으로 물건이나 많이 살 수 있는 세상이 왔으면 좋으시다는 형수님께서는 늘 객지 나간 자식들 잘되기만을 빌며 살아가는 것이 낙이시랍니다. 줄곧 송아지에게만 눈을 주며 말씀하시는 형수님이 행복하게 느껴져 와락 손이라도 잡아 주고 싶습니다.

마구간 문을 닫은 형수님은 멍하니 서 있던 나에게 안방으로 들어가자며 먼저 방 안으로 들어가십니다.

"괜찮아요. 마루에 앉지요 뭐, 형님은요?"

"주무세요, 술이 좀…." 하며 걸레로 방을 훔치다 말고 전화 수화기를 오른쪽 귀에 대어보고 정성스레 얹어 놓으십니다. 금방이라도 '찌르릉' 벨 소리와 함께 "엄마! 어디 아프신 데 없으세요? 추석 때 집에 올라갈게요." 하는 울산 막내의 육성이 들려오는 듯합니다.

그날따라 방 한쪽 귀퉁이에서 곯아떨어진 채 숨을 몰아쉬는 형님 모습이 그렇게 작게 느껴질 수 없습니다. 가을걷이로 농자금 이자라도 갚으려던 형님의 소박한 꿈은 대폿집 아낙이 건넨 막걸리 몇 대접에 희석되어지고, 움푹 패인 등줄기로 식은땀 질펀하기 십상일 것입니다. 한동안 마루에 앉아 있던 나는 "다음에 또 올게요, 형수님" 하며 뜨락을 내리디뎠습니다.

형님 댁이 자동차 백미러 밖으로 사라질 즈음 몇 번 '번쩍번쩍'거리던 길옆 가로등 불이 막 들어왔습니다. 서걱이는 밤하늘 끝으로 들려오는 '그르릉 끄윽, 그르릉' 하는 형님의 콧소리가 또 다른 풍성한 가을의 전주곡이 되어 가로등 불빛 아래로 잔잔히 맴돌고 있었습니다.

칼바람,
그리고 L형

매년 이맘때 즘이면 알싸한 바람이 불어옵니다. 서쪽 대관령을 넘어선 찬바람은 들숨 한 번에 강릉 남대천 포구마을까지 내닫습니다. 그 알싸한 바람이 날숨을 고를 때면 남대천 포구에서도 대관령 냄새가 물씬 납니다. 특히, 대관령의 숲 냄새를 가득 안고 온 바람은 남대천이 맞닿은 바닷가에 옷을 하얗게 벗어 놓고 휘익휘익 휘파람 소리를 내곤 합니다.

나는 빳빳한 깃을 곧추세운 채 대관령에서 불어오는 바람을 '칼바람'이라고 부릅니다. 가슴속까지 파고드는 겨울바람을 '칼바람'이라고 부르지만 밉거나 무섭지 않습니다. 그 바람은 버리는 것을 익숙하게 만들뿐만 아니라 삶을 헤쳐 나가는 지혜를 주는 고마운 바람입니다.

살을 에이는 듯한 예리한 바람은 군더더기가 없습니다. 그 바람 속에는 열정과 진실이 많이 배어 있습니다. 그래서인지 달이 이우는 밤에 서성이는 차디찬 바람은 고독함이 있기도 하거니와 목마른 사랑이 있어 신작로보다 골목길을 더 그리워하는지 모릅니다. 차디찬 바람이 골목길 가로등을 스칠 때마다 머뭇거리는 이유도 정이 가득하기 때문일 것입니다.

'칼바람'은 발개진 볼을 비비는 풋 소녀의 순수한 마음으로 노래하기 때문에 나타내 보이기를 꺼려합니다. 어떠한 미련과 목적 없이 그저 창가에 비치는 불빛에 잠시 몸을 녹이며 사람 냄새를 그리워할 뿐입니다. 사랑하는 이가 머물고 있는 창을 두드리는 그 바람은 살을 에는 듯한 찬바람일수록 좋을 듯합니다. 그래야만 좀 더 오래 머무르지 않을까요.

달빛이 사루어진 밤, 하늘 가득 별빛을 찬란하게 만드는 것 또한 마른 칼바람이 아닐까 합니다. 바람 한 올 한 올에는 우주의 섭리가 들어 있습니다. 마른 겨울바람은 셔터를 내리고 잠을 청하는 대지 위에 별빛을 골고루 뿌려 주기도 하고 마른 가랑잎들을 한 곳으로 모이고 흩어지게 합니다. 이런 가랑잎들이 휘말리는 소리를 들으면 괜스레 지나간 추억들이 떠올라 밤길을 걷고 싶어 간단한 외투를 걸치고 집을 나서고 싶은 충동을 느끼기도 합니다.

별빛이 없는 겨울 하늘은 머리맡 가까이서 말 못할 사연을 많이 간직한 것처럼 보입니다. '칼바람'을 쐬며 한 겹 한 겹 쌓인 삶의 상처들을 벗겨 내며 걸으면 지난날의 부끄러웠던 욕심들이 유성처럼 흩어지고, 자신의 옷을 벗으며 무게를 덜어 내며 떠난 사람들의 눈망울이 그리워집니다.

몇 년 전 경제적 칼바람이 몰아치던 때입니다. 내가 평소 존경하고 친형님처럼 모시던 L형이 있습니다. 그는 자수성가하여 작은 사업체를 지접 경영하면서 기초 지방의회의원이 되어 평소 후덕한 성품과 인정이 많아 동료뿐만 아니라 주위사람들에게 칭송을 한 몸에 받고 있었습니다. 그는 의원직 임기를 마치던 해 미련 없이 자신의 명예를 버리고 재선의 꿈을 접었습니다. 당선이나 다름이 없었지만 자신의 무게를 훌훌 털어내던 그 모습이 지금도 생생합니다. 그의 순순한 마음과 용기에 많은 사람들이 아쉬워했습니다.

그해 겨울이 끝날 무렵부터 그는 경제적으로 매우 곤란을 받기 시작했습니다. 그는 별로 크지 않은 회사를 운영하다 친척들이 진 빚 청산과 사업자금 미회수로 경영하던 회사를 내놓게 되었습니다. 뿐만 아니라, 가족과 함께 남부럽지 않게 살던 집을 내어 주고 이사까지 해야 하는 아픔은 이만저만이 아니었을 테지요. 하지만 늘 웃음과 희망을 잃지 않고 몇 번의 겨울을 지나더니, 요즈음 새로운 출발을 위하여 사업장을 단장하고 있다고 합니다. 반가운 일입니다. 재기한 L형의 모습을 보고 싶습니다.

초겨울 마른 바람이 가슴을 후련하게 훑어 내고 있습니다. 바람 부는 반대쪽으로 누워야 살아남는다고들 하지만, 서 있기조차 힘든 세찬 바람을 마주하며 L형의 모습을 대비시키는 건 꾸밈없는 그의 큰 눈동자가 보고 싶기 때문입니다. 그리고 바람 부는 쪽으로 헤쳐 나가는 올곧은 의지와 담백한 그의 웃음소리를 듣고 싶어서입니다. 산 냄새가 묻은 '칼바람'이 불어오면 도시는 꿈을 꾸기 시작합니다. 바람에 맞서 새로움을 준

비하는 꿈! 새움이 트일 때까지 그 바람은 비상하려는 그의 날갯짓을 보
듬어 줄 것입니다.

　오늘같이 알싸한 바람이 부는 날이면 야트막한 처마가 있는 대폿집
에 가서 막걸리를 거나하게 마시고 싶습니다. 그리고 L형에게 전화를 걸
고 싶습니다. 마른 칼바람이 불기 시작한다고. 바람 부는 쪽으로 일어서
라고….

이름 지우기

"띵똥" 스마트폰에 문자 메시지가 도착했나 봅니다. 급히 열어 보낸 사람을 확인 합니다. 몇 일전 고인이 된 친구가 보낸 문자입니다. 깜짝 놀라서 내용을 확인합니다.

"지난 ○○일 저희 아버님 상중에 많은 후의와 위로를 보내주셔서 감사합니다. 일일이 찾아뵙지 못하고 지면으로 인사드려 죄송하오며 더욱 열심히 살아가겠습니다."

아마도 고인이 된 아들이 아버지 스마트폰에 저장되어있는 분들의 번호로 고인의 스마트폰을 이용하여 감사의 인사를 올린 듯합니다. 문자 내용보다 한창 살아갈 나이에 고인이 된 친구 얼굴이 폰 가득 클로즈업 됩니다. 평소 말이 없고 잘 웃던 친구였습니다. 모임 때면 늘 솔선수범하며 화합 분위기를 이끌어 가던 친구 모습이 사무실 창가에 스칩니다.

답장을 하려다 묘한 생각이 납니다. 저 세상에 있는 친구와 대화하는 것 같아서 이내 포기하고 맙니다. 행여 외롭다고 손짓할까 두렵기도 하지만, 고인이 된 친구의 핸드폰에 흔적을 남겨두는 것이 선뜻 내키지 않습니다.

　나는 내 폰에 저장되어 있는 이름들을 쭉 훑어봅니다. 한글 자모음 순으로 입력되어 있는 이름들이 잘 정리되어 있습니다. 전화번호부를 일부러 만들 필요가 없어지고 굳이 메모를 하지 않아도 되는 참 편리한 시대에 우리는 살고 있습니다. 숫자 기억에 약한 나에게 스마트폰에서 알려주는 전화번호는 서로의 맘을 끈으로 연결하고 있습니다. 한 분 한 분 인연이 닿지 않는 사람이 없습니다. 나에게는 다 소중한 이름들입니다. 대부분은 이름 석 자 외 직위도 병기하여 실명으로 저장되어 있고, 늘 보고 싶고 그리운 사람은 애칭으로 저장되어 있습니다. 간혹, 기억조차 나지 않는 이름이 저장되어 있지만 지워내질 않습니다. 폰 자판을 두드리며 이름을 저장할 당시 그의 이름을 불러주어 비로소 꽃이 되었을 것입니다.

　ㅎ자에 이르자 친구의 이름 석 자가 배시시 웃고 있습니다. 몇 번이고 망설이다 이승에서의 미련을 접도록 놓아 줍니다. 좋은 곳에서 편히 잠들기를 기도하며 친구 이름 석 자를 지워냅니다. 친구와의 소중한 인연들이 저장되었던 번호와 함께 산산이 부서집니다.

요즘은 연기를 볼 수 없어 퍽이나 아섭습니다.
재래식 아궁이를 사용하는 집이 없기 때문입니다.
겨울이 깊어 갈수록 보고 싶은 사람은 더욱 보고프고,
그리운 사람은 더욱 그리워지는 것은
하얀 눈이 내리기 때문입니다.

－「하얀 눈」에서

4
어느
촌로의
바람

거울 속 이발사

오늘도 이발소로 향합니다. 나는 즐비한 미장원에 가기가 영 싫습니다. 우선 여성분한테 머리를 맡기는 것이 쑥스럽기도 하거니와 옆에 다른 여성 손님이 있을 때는 난처하기 때문입니다.

머리를 손질하는 동안 여성들의 인생컬러가 총천연색으로 물들여지기 지기도 하고, 모두가 의사, 변호사, 판사, 정치가, 심지어 중매쟁이가 됩니다. 종편 채널이 활성화된 요즘엔 더더욱 관심과 전문가들이 많은 것 같습니다. 이렇게 수다(?) 떨면서 서로를 위안하고 스트레스를 해소하겠지만, 때로 귀로 듣기가 거북할 땐 가슴으로 들어야 하는 고통이 따릅니다.

이발소엔 수다쟁이들이 없을뿐더러 옛 정취가 늘 있어 아늑합니다. 어릴 적 동네 이발소에 가면 키가 작아서 널빤지 위에 앉아 머리를 깎곤 했습니다. 사슴벌레 같은 이발 기계를 두 손을 이용하여 '째깍 째깍' 거리며 머리를 깎았습니다. 먼저 앞이마에서 뒷목까지 중앙에 고속도로를 낼 때면 우습기도 하지만, 행여 이발기계 고장으로 사각 거울에 비친 모습대로 남겨질까 두려움이 앞섰습니다. 상하 이중으로 된 양 톱니가 서로 비벼대며 머리카락을 잘라 냈습니다. 가죽으로 된 끈에 쓱쓱 같은 면도기로 솜털들을 밀어내어 밤톨같이 만들었지만, 기계 소독이 잘 안 되어 하얀 버짐이 머리를 덮은 때도 있었습니다. 특히, 대부분 나이 드신 분이 이발사여선지 시간이 오래 걸린 탓에 마려운 소변을 참는 것이 참 힘들었습니다.

요즈음은 동네 목욕탕 안에 있는 이발소에 갑니다. 한 달에 한 번 정도 의식행사인 셈입니다. '바리깡'이라는 전기 이발 기계와 가위를 사용하여, 한 손이지만 서툴지 않게 잠깐이면 이발을 마칩니다. 거기선 얼굴 부위엔 면도를 해 주지 않고 머리 뒤와 옆만 살짝 해주지만, 늘 왼손을 사용하는 거울 속 이발사들의 손놀림에 불안할 때도 있습니다. 구레나룻 끝부분을 면도할 때의 '싹'하는 면도기 칼날 소리는 시린 겨울밤 별이 스치우는 소리인 듯합니다. 옷을 홀홀 벗고 타올만 전신을 가린 채 이발과 면도를 한 뒤 탕에 들어가 샤워를 겸한 머리를 감고 나면 그렇게 시원할 수 없습니다. 찜질방에 몇 번 들락날락하는 사이 맘속 찌꺼기들이 전신으로 흐르는 땀에 배어 나옵니다.

나는 20여 년 전 이 지역으로 이사 온 뒤 한 이발소만 다니고 있지만, 이발소를 바꾸기란 그리 쉽지 않습니다. 마치 살던 집을 버리고 다른 곳으로 이사를 가는 것 같이 어색합니다. 어떤 이들은 낯익은 이웃들에게 알몸을 보여주기가 민망해서 동네 목욕탕을 기피하고 멀리 있는 목욕탕을 애용한다고 합니다. 탕 안에서 이웃들과 두런두런 세상 얘기하는 맛을 모르기 때문일 겁니다. 허긴, 대다수 사람들은 수도꼭지 앞에 앉아서 곳곳을 깨끗하게 씻어내느라 바쁜 시간을 보내지만, 어떤 남정네들은 물 속이나 찜방엔 들어가지 않고 뒷짐 진 채로 목욕탕 안을 이리저리 돌아다니는 사람도 있다고 합니다.

말끔히 샤워를 하고 난 후 이발한 머리를 말리고 크림을 바르려는데 바닥을 쓸고 있던 이발소 주인이 음료수를 건넵니다. 그동안, 왼손으로 면도와 가위질 잘 참 잘한다고 생각했는데 오른손에 빗자루가 들려있습니다. "사장님 원래 왼손잡이세요?" "아닙니다. 오른손잡인데요!" 합니다. 20여 년이 지난 오늘, 거울 속 이발사의 손놀림은 왼쪽과 오른쪽 방향이 반대로 비친다는 사실을 알았습니다.

시외버스에서의
추억

"지금은 온 산에 밤꽃이 저렇게 많이 피어있는데 밤 줏을 때 되면 하나도 안 보이지요?" 대관령 터널을 막 지나기 전, 산천을 헤매면서 알밤을 즐겨 줍는 동승한 아내의 말입니다.

유월의 아침햇살 속에 녹아든 밤꽃 향기에 취해 슬쩍 차창을 한껏 내립니다. 은은하게 풍겨오는 밤꽃 향기는 차 안을 후덥게 만드는데도 아내는 아는지 모르는지 알밤 줏는 타령만 합니다. 허긴 막내아들과 같이 생활하는 탓에 별을 따본지도 꽤 오래인 듯싶습니다.

휴일을 맞아 아내와 함께 충청도에서 직장생활을 하고 있는 큰아들 여름용품을 갖다 주러 가는 길입니다. 새벽에 출발하여 일찍 도착하려는 맘에 동트기 전 대충 식사를 마치고 출발하려는데 막내가 자전거 타이어 바람 넣어야 된다며 지난 밤늦게 공부하던 K 대학 공대까지 픽업해 달라며 함께 집을 나섰습니다.

아파트 주차장에 파킹한 차량에 올라 시동을 거는 순간, 뒷좌석에 탑승하려던 아들이 자동차 뒷바퀴가 펑크가 나 있는 것을 발견하였습니다.

하는 수 없이 자동차 정비쎈터 영업시간에 맞춰 좀 늦게 출발하여 첫 손님 대우(?)까지 받으면서 타이어 수리를 마쳤습니다. "마수걸이가 펑크 손님이면 하루 종일 펑크 차량만 온다"며 극구 사양하는 주인장의 맘 씀씀이에 미안함과 함께 '앞으로 단골집으로 하겠다'는 립서비스를 한 후 9시경 출발하였습니다.

충남 아산에 무사히 도착해서 큰아들과 점심도 함께하면서 계획대로 일을 마치고 귀갓길이었습니다. 연휴 첫날 영동고속도로 하행선은 극심한 교통 체증으로 가다서다를 반복하며 남한강 교량을 지나는 중이었습니다.

유월인데도 이상기온 탓인지 32도를 웃도는 바깥 온도에 차창은 점점 꼭꼭 닫히고 애꿎은 에어컨에서 뿜어내는 열기에 도로변 초목들도 숨이 가쁩니다. 에어컨을 틀어도 차 안은 시원해지지 않아 이것저것 살펴던 중 핸들 앞 게이지에 나타난 냉각수 온도가 하이까지 올라간 것을 발견하고 차량을 3차선 갓길에 급히 세웠습니다.

3각 안전표지판을 차량 뒤쪽 떨어진 곳에 설치하고 보닛을 여는 순간 부글부글 끓고 있던 부동액이 오바이트하고 있는 게 보입니다. 위급 상황을 보험사에 연락하고 우선 안전한 곳으로 이동할 견인 차량을 기다렸습니다. 우리 옆을 지나는 수많은 차량들 속엔 아름다운 커플들이 연휴를 즐기기 위해 목적지로 향하고 있는데 고물 차량 땜에 고생하고 있는 아내에게 미안함이 앞섭니다. 다행이 한국도로공사에서 보내준 견인 차량이 인근의 졸음쉼터까지 안전하게 이동 조치 후 보험사의 견인 차량으로 원주까지 이동하게 되었습니다.

이동하는 동안 견인 차량 운전자로부터 많은 것을 깨닫게 되었습니다. 고속도로에서 차량 고장 시 신고하는 방법과 한국도로공사에서 우선 견인해야하는 의무며, 보험가입 시 몇백 원만 더 부담하면 견인차량 이동거리 연장 선택, 지나치는 사설 견인차량 이용 시 경비는 부르는 게 값이라는 등 많은 정보를 설명해 주셨습니다.

원주에 있는 자동차 정비센터의 사장님께서 엔진을 체크해 보고 수리할 부분은 다음날 연락받기로 하고 명함 한 장을 건넨 후 아내와 강릉행 시외버스에 올랐습니다. 출발 시 늦다고 불평했던 나에게 '펑크난 타이어를 발견한 아들 덕에 큰 사고를 모면했을지도 모른다'며 아내는 아들 편만 듭니다. 듣는 둥 마는 둥 하면서 눈길을 돌려 버스 차창에서 내려다보는 경치가 무척이나 시원합니다. 승용차들 지붕 위에 반사된 유월의 햇살이 잘게 부서집니다. 달리는 차량 옆으로 도열해있는 연록의 잡초들이 몸을 일으켜 세울 때마다 탱고풍의 춤사위입니다. 잠시 눈을 감으려는데 아내가 안전벨트를 매라며 한마디 하는 순간 피식 웃음이 절로 나옵니다.

영동고속도로가 개통되기 전인 70년대 고등학교 다닐 무렵인 듯합니다. 시외고속버스를 처음 이용했을 때 기억이 떠올랐습니다. 강릉에서 서울행 버스에 올라 티켓에 적혀있는 창측과 내측이라 적혀있는 번호를 확인을 하고 거의 뒷좌석의 내측에 앉았습니다. 지금도 그렇지만 차창으로 밀려나는 경치를 볼 수 있는 창가 쪽을 더 선호하지만 옆 좌석엔 이미 건장한 남성분이 지그시 눈을 감고 있었습니다.

버스 내부는 어두컴컴하였습니다. 나는 버스 출발과 함께 자세를 바로잡으려는데 엉덩이 왼쪽 밑에 뭔가 도톰한 것을 깔고 앉았음을 직감할 수 있었습니다. 그때부터 안절부절 못하였습니다. 누군가 지갑 같은 것을 놔두고 내린 게 분명하였습니다. 나를 가엽게 여겨 큰 횡재(?)를 주신 하나님께 감사를 드려야 할 것인가? 운전기사분한테 신고를 해야하는가? 아님 경찰? 힘주어 눌러앉은 물건의 처리 방법으로 큰 고민에 빠졌습니다. 누군가 엿보는 것 같아서 손을 넣어 확인할 수 없고, 자리를 일어설 수도 없었습니다. 당시 시외고속버스는 진부, 장평을 거쳐 휴게소 1~2개소 정차하여 잠시 휴식 후 서울까지 오가곤 하였지만, 서울에 도착하기까지 꼼짝 않고 소변도 못 본채 진땀만 흘렸습니다.

동대문 종합 버스터미널에 도착한 버스 기사는 승객들에게 잊은 물건 잘 챙기라며 버스 내부 라이트를 밝혔습니다. 일단 확인한 후 양심에 맡기기로 하고 그토록 엉덩이로 보관(?)해 오던 물건을 잽싸게 집어 들었습니다. 헐! 의자에 부착된 물건이 꿈쩍 않는 탓에 내 몸이 의자 속으로 쑥 빨려들 뻔했습니다. 그토록 소중히 간직했던 물건이 당시 처음 본 안전벨트 잠그는 버클이라는 걸 깨달았습니다.

버스 기사님이 '조심해요! 문 열리면 내려욧' 하는 고함을 뒤로한 채

급히 화장실로 뛰었습니다. 거울에 비친 얼굴은 홍당무가 되어 있었지만, 그 날 서울 버스터미널 화장실에서 '돈 지갑이 아닌 게 천만다행이지 뭔가'라며 중얼거리며 본 소변이 그렇게 시원할 수 없었습니다.

어느 촌로의
바람

묻어나는 싱그러움 속에 몇 권의 책과 생필품을 챙겨 모임에 참석키 위해 강릉에서 삼척행 버스에 몸을 실었습니다. 언제나처럼 해변에 누운 동해고속도로를 타면 오묘한 자연의 조화에 몰입됨과 동시에 나 자신을 다시 한번 돌아보곤 합니다.

특히 망상 옥계를 지날 때면 바다 이쪽과 땅의 이쪽에 맞닿은 선과 꿈틀거리는 기찻길이 평행을 이루고 행여 기다란 기차가 지날 때면 서부극을 연상케 합니다. 검고 희고 빨갛고 파랗고 크고 작은 자동차들이 꼬리를 물고 빨려가는 끝없는 행렬을 보노라면 실눈의 아픔으로 실명된 채 혼탁한 현 사회의 겉 문명이 어느 정치면 신문기사와 같이 공전하고 있음이 왜소한 나에게 현기증을 느끼게 합니다. 옥계를 지날 쯤 간간이 보이던 햇빛이 갑자기 없어지고 후둑후둑 빗방울이 떨어지기 시작했습니다.

차창에 묻어나는 빗자국이 보릿고개 넘나들 때 개버짐같이 번져 갈 즈음 '노봉'과 '초구' 입구에서 머리에는 광주리를 이고 손에는 호미를

든 초췌한 촌로村老 한 분이 도로 건너편에서 찌푸린 상을 한 채 발을 동동 구르고 있었습니다. 그러나 맞물린 자동차의 행렬은 나의 시야에서 벗어날 때까지도 촌로 한 분이 지날 틈을 주지 않았습니다. 촌로는 아침에 열어 놓았던 장독대가 생각났는지 혹은 신경통약 먹을 시간이 되었는지? 이마에 송송 맺힌 구슬 같은 땀방울과 차창에 부딪는 빗방울이 대조를 이루었습니다.

내가 탄 버스는 어느새 동해를 지나 촌로의 잔영과 함께 삼척으로 밀려나고 있었습니다. 그 촌로의 바람은 무엇이었을까? 비가 그치는 것이었을까? 아니면 자동차 행렬이 멈추는 것이었을까? 또는 고가다리 만들어 줄 면장을 생각했을까? 어쩜 길 건너 밭뙈기를 팔아 자동차를 사겠다는 생각을 했는지도 모릅니다.

연휴나 주말이면 즐비하게 늘어서는 자동차 행렬의 지루함은 어김없이 펼쳐집니다. 이제 관광시즌이 본격적으로 다가옵니다. 들쭉날쭉한 자가용차보단 더불어 사용하는 대중교통을 이용하는 여행이 의미 있는 것이 아닐까 생각합니다.

그 촌로의 바람에 부응하기 위해서도 말입니다.

출근 버스에서의
기억

오늘도 출근하기 위하여 버스 정류장으로 향합니다. 대중교통을 이용하여 출퇴근 한지도 한 달이 넘었습니다. 그동안 자가용으로 중학교 다니는 아이들을 학교 앞에 태워다 주고 직장으로 향하곤 하였습니다. 요즘은 아이도 중학교를 졸업하고 인근 고교에 진학해서 그런 수고는 덜게 되어 퍽 다행이라고 할까요.

지난 연말이었습니다. 그날은 부부동반 모임이 있어 식사를 하게 되었습니다. 약간의 반주를 곁들어 식사를 마친 뒤 노래방으로 향하였습니다. 나는 평소 노래에는 별 소질이 없었지만, 그날따라 노래 점수가 팡팡 잘 터졌습니다. 시간이 지날수록 모두들 기분이 최고인 듯 보였습니다. 주인이 넣어주는 서비스 시간까지 꽉 채워가면서 노래를 부르다 우리는 헤어졌습니다.

일행의 대부분이 부부가 운전을 할 줄 알기 때문에 별문제가 없었으나 우리 부부는 그렇지 못하였습니다. 몇 년 전 운전을 배우려다 운전석에 앉자마자 엑셀 페달을 기분대로 꾹 밟아 본 경험밖에 없는 아내는 운전을 하지 않겠다고 하였습니다. 특히 나 같은 조교한테는 다시는 안 배운다고 한 후로는 아내는 운전면허증이 없습니다. 그날 조수석에 앉았던 나(조교)에게서 험악한(?) 말을 듣고 홀로 집으로 걸어가던 아내와 한동안 각방을 썼던 기억을 떠올리는 순간 웃음이 나옵니다.

큰길로 나오면서 아내에게 차를 세워 놓고 택시를 타자고 하였습니다. 열시가 좀 넘은 시간이지라 택시를 잡으려고 했지만 좀처럼 오지 않았습니다. 평소 같으면 콜택시를 불렀을 텐데도 그날따라 아내는 택시비를 아끼려는지 차를 갖고 갔으면 하는 눈치였습니다. 나 또한 시간도 좀 흘렀고 마침 술도 많이 먹지 않은 상태여서 차를 몰고 갈 수 있을 것 같기도 하여 운전대를 잡았습니다. 노래방 여흥이 이어져 콧노래를 부르며 500m쯤 운행했을 때 경찰이 음주차량 단속을 하고 있었습니다. 라이트를 끄고 조심스럽게 미등을 켠 채 차를 정지시켰습니다. 경찰이 요구하는 대로 측정에 응하였습니다.

"술 마셨습니까?"

"예. 저녁 먹으면서 소주 두어 잔 마셨습니다만 한번만 봐 주세요."

"글쎄요. 알코올 수치가 0.05 이하로 나오면 훈방이니 한번 불어 보시겠습니까?"

제일 무서운 의경의 대꾸 한마디에 몇 번 망설이다 "그러죠." 하면서 입에 갖다 댄 측정기에다 가슴이 후련하도록 세게 불었습니다. 잠시 후 측정기에 표시된 숫자를 확인한 경찰은 임시 운행증을 발급해 주면서 면허 100일 정지 될 것이라는 설명과 함께 지정한 날짜에 경찰서에 출두하라는 것이었습니다. 나중에 알았지만 사람에 따라 일정치 않지만 소주 2잔 정도 먹어도 0.06 정도의 수치가 나온다는 것이었습니다.

운전을 시작한 지 10여 년이 넘었지만 벌점 한 번 안 받았던 터라 당혹할 수밖에 없었습니다. 더욱이 아내가 동승한 상황이어서 미안하기도 하고 심지어 단속 경찰이 야속하게 느껴졌습니다. 집에 도착하여 아내는 그래도 그 경찰이 우리 부부의 생명을 구했는지 모른다며 모든 걸 감사하게 생각하라나요. 하긴 더 큰 사고라도 났다면 어땠겠습니까? 음주운전은 중대한 범죄행위라는데 무고한 피해자가 생긴다면 그 안타까움은 이루 말할 수 없을뿐더러 크나큰 죄를 짊어지고 살아야 하는 못난 운명의 소유자가 될지 누가 알겠습니까.

사실 그동안 직장 생활을 해오면서 공적으로 또는 사적으로 크고 작은 모임을 하다 보면 술을 몇 잔 한 뒤 알게 모르게 운전을 하는 경우가 많았습니다. 대부분 사람들은 당장의 편리함도 있겠지만 다음 날 아침, 차량 이용을 생각하여 집 가까이 자동차를 갖다 놓으려는 맘이 앞서기 때문이 아닌가 합니다. 또한, 새 차일수록 자기 집 주차장에 주차시키려는 맘을 갖는 것은 분실이나 훼손을 우려하는 면도 없지 않을 것입니다.

나의 경우는 아침 출근 시 중학생 아이와 함께해야 하는 부담도 있지만 새벽 운동을 가야 하기 때문에 회식이라도 있는 날이면 집에 차량을 먼저 주차 시켜놓고 택시를 이용해 회식장소로 가곤 합니다.

한 번은 토요일 오후 퇴근길에 고교동창인 친구를 우연히 만났습니다. 미처 자동차를 집에 갖다 놓을 사이가 없어 식당 옆 도롯가에 임시 주차 시켜놓고 저녁을 먹은 후 입가심으로 맥주까지 몇 잔 하였습니다. 밤이 이슥하여 친구와 헤어진 뒤 집까지 걸어가기로 하고 임시 주차해 놓은 나의 애마 옆을 지나 큰 도로로 걸어 나왔습니다. 가로등 불빛 아래 서 있는 가로수는 옷을 벗고, 하늘 가득히 흐르는 달빛 사이로 반짝이는 별들이 메밀꽃을 뿌려놓은 듯하였습니다. 일요일인 다음 날 아침은 새벽 운동하기 좋은 날씨가 될 것 같아 기분이 너무 좋았습니다. 그러나 나는 평소 운동기구들을 차 트렁크에 싣고 다니는 탓에 차가 있어야만 운동을 할 수 있는 상황이었습니다. 별똥별이 획을 긋듯 잔꾀(?)가 떠올랐습니다.

마침 지나는 빈 택시를 타고 집으로 향하였습니다. 주말이어서인지 초당 아파트 집까지 가는 동안 불빛을 따라가는 차량 행렬만 부산할 뿐 거리는 조용하였습니다. 집에 거의 도착할 지점에서 택시를 시내로 되돌려 임시로 주차해 놓았던 식당 옆에 도착하여 요금 측정기에 표시된 대로 요금을 지불하고 내렸습니다. 택시 운전기사는 나를 몇 번 훑어보더니 몇 마디 중얼거리며 옆 골목으로 사라졌습니다. 막 잠을 청하려던 애마의 창을 열어 운전석에 오르자마자 손 땀에 젖은 촉촉한 자동차 키를 돌려 시동을 걸었습니다. 음주단속이 없다는 것을 확인한 나는 조금 전 택시로 주행하였던 도로를 따라 집까시 아무 일 없이 도착한 부끄러운 일도 있었습니다.

지난날을 돌이켜 보면 너무 편하게만 살려는 맘과 소유욕의 그늘에서 헤어나지 못한 결과가 아닐까 합니다. 내가 타고 다니는 자동차는 임시 나의 명의로 되어있을 뿐이지 나의 것은 아니지 않겠습니까. 내일이라도 다른 사람에게 명의가 넘어가면 나와 상관없는 보통 물건에 불과합니다. 모든 물건의 소유자는 영원히 정해져 있지 않다고 봅니다. 다만 임시로 명의를 빌리고 빌려주었을 뿐입니다.

자가용도, 내 집도, 아니 가족도 영원히 내 것이 될 수 없는 것이 현실입니다. 우리 인생은 무소유에 시작하여 무소유로 돌아가는 것이라 합니다. 설령 자동차에 흠집이 생기고 아침 스케줄이 좀 어긋나면 어떠랴? 음주 운전을 하는 것은 범죄 행위일 뿐만 아니라 자기만의 욕심을 채우려는 가련한 모습이기도 합니다.

이번 운전면허 정지는 내 삶의 좋은 약이 되어 자신을 되돌아볼 수 있는 기회가 되어, 요즈음은 내 중심적인 욕심의 껍질을 한 겹 두 겹 벗기는 자세로 생활하려고 노력하고 있습니다.

오늘 출근길 버스는 친절하기로 소문난 기사가 운전하는 D 버스입니다. 기사님은 남녀노소를 가리지 않고 차에 오르는 모든 승객들에게 "안녕하십니까?" 하는 아침 인사를 겁냅니다. 눈인사를 주고받는 서로가 꿈과 기쁨이 넘쳐나는 듯합니다. 말쑥한 신사복 차림의 젊은 승객이 헐레벌떡 뛰어와 차에 오르자 버스는 또 다른 이들에게 기쁨을 전하기 위하여 떠날 채비를 합니다. 나는 저 사람도 나 같은 처지일 것 같아 얼른 눈길을 차창 밖으로 향합니다.

따사로운 봄 햇살에 반사된 내 얼굴이 점점 뜨거워지는 동안, 아침을 여는 승객들의 눈동자엔 언덕배기 진달래꽃이 소담스럽게 묻어납니다.

할머니의
유모차

아기를 싣고 다니는 유모차를 모르는 사람은 거의 없을 것입니다. 유모차는 아기와 함께 멀리 이동을 하거나 차에 태워놓고 다른 볼일을 볼 때 편리하게 이용됩니다. 특히, 아이를 키워 본 주부들은 남편보다도 더 소중하게 여길 런지도 모를 일입니다. 요즘 유모차는 디자인에서부터 기능, 재질까지 참 편리하고 다양하게 만들어집니다.

유모차를 밀며 다니는 이웃집 아주머니를 볼 때마다 평화롭게 느껴집니다. 가끔 가을햇살 가득히 담은 유모차 안에 우윳빛 맑은 아기를 태우고 한적한 공원을 거니는 발걸음은 선율 고운 교향악입니다. 뿐만 아니라 나풀거리는 머리카락을 바람에 맡긴 채, 두둥실 떠 있는 새털구름 쫓아가며 아기와 주고받는 이야기 속에서 행복은 멀리 있는 것이 아니라는 것을 깨닫곤 합니다.

연년생인 사내아이 둘을 키우느라 고생한 아내가 생각납니다. 당시는 유모차 값이 비싸기도 하였지만, 걷기 전까지 등에 업고 키우는 경우가 더 많았습니다. 아장아장 걷는 큰아이의 손을 잡고, 작은아이는 등에 업고 다니던 모습이 어색하지 않았지만 늘 힘들어하는 아내였습니다.

큰맘 먹고 유모차를 구입하여 선물하던 날 촉촉해지던 아내의 눈동자를 잊을 수 없습니다. 당시 전셋집 2층에 살았기 때문에 계단을 이용하여 오르내리는 것이 여간 불편하지 않았지만, 아내는 아이들이 커 갈수록 유모차를 자주 애용하면서 남편에게 감사한 마음(?)을 갖게 된 듯합니다. 아이들이 제 맘대로 걸을 수 있을 때까지 수리를 거듭하며 아이들과 함께한 그 유모차는 언젠가부터 가족들의 관심 밖으로 밀려나더니 아파트로 이사하면서 더 이상 볼 수 없게 되었습니다.

요즈음은 아파트에 살면서도 유모차를 끄는 할머니들을 종종 보게 됩니다. 할머니들이 어릴 적 한 번도 타 보지 못했던 유모차는 손자, 손녀를 태우고 나들이할 때 편리합니다. 녀석들이 세발자전거를 탈 때쯤이면 유모차는 그들 곁에서 멀어지게 됩니다. 마당 구석에서 빛바랜 채로 비바람을 맞으며 사람의 손길을 기다리다 쓰레기장으로 가는 경우가 많습니다.

내가 사는 아파트 옆에는 마을 할머니 몇 분들이 채소 등 푸성귀를 팔기 위해 그늘진 곳에 옹기종기 앉아 있습니다. 어김없이 유모차를 한 대씩 옆에 두고 있습니다. 손자를 태운 것이 아니라 잡다한 짐들이 들어있습니다. 하나같이 새것이 아니고 수명을 다하기 직전의 것을 철사나 끈으로 매어 쓰기도 하지만, 바퀴만큼은 잘 굴러갑니다.

솔바람 향기 그윽한 산자락에 둘러앉아 직접 재배한 채소들을 펼쳐

놓고, 빚고 쓰다듬어 맛깔스런 상품으로 만들어 오가는 이들을 유혹합니다. 손때 묻은 깊이만큼 그들의 정성이 담뿍 배어있습니다. 날마다 자식, 며느리 자랑과 흥은 결을 이루지만 하루해가 늘 짧게 느껴질 것입니다.

아침에 나올 때 유모차에 가득히 싣고 온 농산물이 저녁때가 되면 많이 줄어듭니다. 비어진 유모차 공간만큼이나 그들의 주머니 속은 도톰해질 것입니다. 해가 긴 여름 나절이면 그들의 유모차는 더더욱 가벼워집니다. 일터에서 귀가하는 주부들을 만날 수 있기 때문입니다.

그런 날은 유모차 통째로 팔아도 고작 이삼만 원이겠지만, 빈 유모차에 이끌려 가는 그들의 행복은 무엇보다 바꿀 수 없을 것입니다. 이렇듯 우리 마을 어귀에선 동네 할머니들의 행복한 꽃들이 소담스럽게 이울고 피어납니다.

오늘도 하나둘 밝혀지는 가로등 불빛을 쓸어 담는 우리 동네 할머니들의 손놀림은 분주합니다. 다 팔지 못한 푸성귀들을 유모차에 싣고 아침에 왔던 길로 되돌아갑니다. 밤하늘 별빛 따라 유모차가 앞서 길을 재촉합니다. 할머니들 앞에 선 유모차는 할머니들의 발걸음과 삶의 무게를 가장 먼저 알 수 있을 것입니다.

이렇듯 할머니들이 이동수단으로서의 역할을 톡톡히 하는 유모차는 할머니들의 건강과 행복을 지켜주는 복지 도우미가 됩니다. 유모차와 할머니는 매일 만나고 헤어지지만 단 한 번도 서로를 미워하지 않는 잉꼬부부 같습니다.

여름비 지나면

갑작스레 형광등 불빛이 밝아 오는 게 애국가 소리를 끝으로 모두가 TV를 일제히 걸어 잠그고 깊은 잠속으로 빠져드는가 봅니다. 몇 날 책상 앞에 쪼그리고 앉아 스물거리는 머릿속을 해부나 하듯, 하나하나 도려내어 보면 끝내 남는 건 식어가는 육체 하나뿐으로 늘 벽을 보고 돌아앉습니다.

등 밖의 창窓엔 육중한 바람이 멈칫멈칫하다 윙윙 우는 소리와 함께 어디론가 날아가곤 합니다. 허긴 언제나 이맘때면 저 바람은 피어나는 꽃망울들을 허기진 들판에서 길들이는 작업을 합니다. 새록새록 잠든 아이와 그 옆에 시달린 몸을 뒤척이며 자는 아내의 볼이 빼앗아 밴 베개 위에서 불타는 노을이 된 채 익어가고 있습니다. 무심히 바라보는 나의 양 눈꺼풀 속으로 홍건히 젖어오는 행복함은 두세 달 전의 시간으로 맞물립니다.

잔인하다고들 하는 지난 4월, 눈물겹도록 절친했던 친구가 교통사고로 하나뿐에 없는 아이와 함께 하늘나라의 꽃이 되었습니다. 유가속을 비롯한 많은 조문객들의 슬픔과 안타까움은 피어오르는 향내음보다 더 진하고 더 오래 계속되었습니다. 'ㅅㅇ'이를 비롯한 붕알 친구들의 정성이 슬픔과 애달픔으로 오열하던 미망인에게 얼마나 위로가 되었는지 모를 일이었습니다. 특히 함께 근무했던 ㅇ 시장님을 비롯한 시청 동료들의 고인을 위한 따뜻한 보살핌은 지금도 잊을 수 없습니다. 친구들 손으로 무덤 앞에 손수 심어 놓은 몇 그루의 회양목이 고인의 영혼과 함께하면서, 비 오고 바람 부는 날이면 병풍이 되어 주고 백주에는 그늘이 되다 까만 밤이 오면 별나라로 통로를 만들어 어린왕자와 함께하리라 믿습니다.

산굽이를 따라 힘없이 돌아오는 길에 발부리에 채인 돌멩이 하나가 떼구르르 굴러 저수지 물속에 잠깁니다. 물결은 파장을 그리며 번지다 이내 사라지고 한번 잠겨버린 돌멩이는 영영 수면 위로 떠오르지 않습니다. 허나 떠나간 자리에는 누군가가 곧 채워져 기억 속의 베어링처럼 잘도 섞이고 굴러가는 냉정한 인생사가 무척이나 미웠습니다.

긴 밤 동안 우윳빛 서강西江은 흘러내리고 소라고둥 속으로 세차게 파고든 지나간 기억들은 6월의 증권 그래프처럼 꺾이어 잠 못 이룬 또 하나의 아침을 맞이합니다. 하지夏至를 지나 아침부터 내려지는 굵은 비는 청아한 삶의 빗줄기인 양 투명하였지만, 생기 잃은 나뭇잎들을 침잠 속에서 건지지는 못합니다.

일요일 모처럼 서점에 가기 위하여 살 하나 부러진 우산을 가작 받쳐

들고 시내버스 정류장으로 향합니다. 손바닥으로 하늘을 가린 내 모습이 어찌나 슬퍼 보였는지…. 모든 것 훌훌 벗어 던지고 더러워진 육신을 빗속에 맡겨 볼까도 생각하였지만 진실(?)은 이내 사라지고 계산기 두들기는 손가락에 힘을 줍니다.

빗줄기 속으로 들여다뵈는 저쪽켠에는 물에 빠진 생쥐마냥 띄엄띄엄 젖은 머리카락을 지켜 올리며 저마다 목을 쭈욱 내밀고 버스를 기다리는 모습이 안쓰럽게 보입니다. 반의반도 채우지 못할 장바구니를 들고 서 있는 주부들 사이에 담배 뻗쳐 물고 있는 청년들이 우뚝우뚝 서 있고, 주름진 부분은 그을리지 않아 펴질 때면 얼핏 3도 화상을 입은 듯한 할머니는 바지인지 핫팬츠인지 잠옷 같은 것을 걸친 채로 희뿌연 하반신을 드러내 놓고 재잘거리는 미녀(?)들 등쌀에 밀려 승강장 끝으로 밀려나 있습니다. 특이한 점은 톱날 세우러 가는 쉰 남짓한 목수는 험상궂은 얼굴로 검은 가방을 어깨에 걸친 채 아예 차도에 내려 서 있습니다. 50평이 넘는 콘크리트 어항 속에서 헐떡거리는 고기떼와 기호 0번을 외쳐대며 세뇌교육 시키던 나리님들은 저마다 히죽거리며 도로 한복판을 경사진 바퀴로 질주하고 있습니다.

한참 만에야 회사가 다른 두 대의 시내버스가 한꺼번에 총알같이 달려와 멈추어 섭니다. 늘상 그랬듯이 서로 앞지르기 경쟁을 한 듯 운전기사들의 표정은 상기된 채 다음 정류장으로 출발할 채비를 하고 있습니다. 다행스러운 것은 차도에 내려섰던 목수 아저씨가 제일 먼저 차에 솔라 자리에 앉았습니다. 마지막으로 버스에 올라 운전석 옆에 서니 매캐한 냄새가 코를 찌릅니다.

네거리 신호등에 이르러 빨간불이 들어오면서 버스는 멈추고 좌우측에 서 있던 자동차 행렬이 일제히 서로 반대 방향으로 비껴 내닫습니다. 아무 감정 없이 빨강, 노랑, 파랑 불을 반복하는 신호등은 혼탁한 이 사회에 정연한 질서를 지켜주는 듯합니다. 빨간불은 출발을 기약한 멈춤일 테고 파란불은 멈춤을 기약한 출발이고 보면 겉도는 문명의 틀 속에서 악다구니로 살아가는 우리네 삶보다 나을지도 모르겠습니다.

파란불과 함께 버스는 거리를 가로질러 다음 정류장에 멈추어 섰습니다. 중년 부부 두 쌍과 열두세 살쯤 보이는 초췌한 차림의 아이 둘이 버스에 올랐습니다. 자동문이 닫히면서 '이놈의 새끼들 몇 번째야'하는 운전기사의 호통과 함께 두 아이의 눈동자는 중심을 잃어가고 있었습니다. 그렇지 않아도 차에 오르면 무슨 죄라도 진 듯 운전기사의 표정을 살피는 것이 나의 습관인지라 적이 놀라지 않을 수 없었습니다. 자세히 알아본즉 두 아이들은 천 원짜리 돈을 반씩 나누어 몇 번 접은 채로 자동 요금함에 넣었던 것입니다. 그 버스 기사 말에 의하면 저녁때면 몇십 개가 나온다고 하였습니다. 2인 1조인 듯한 아이들은 천 원 반쪽 한 장에 잔돈 840원을 거슬러 받으니(어린이 1인당 버스요금은 80원) 천 원을 투자하면 1,680원이 남게 되고, 만 원이면 16,800원, 이만 원이면…. 숫자 놀음 하자는 것이 아니지만 잘만 되면 소득은 상당할 것이었습니다.

목수 아저씨는 졸고 있었고 그 밖의 사람들은 차창 밖에 시선을 둔 채 관심 밖이었습니다. 그러나 화상을 입은 듯한 할머니는 몇 번이고 말을 하려다 그만 혀만 차고 있었습니다.

나의 어지럼증은 또 시작되었습니다. 누가 저 아이들을 저렇도록 내버려 두었는지? 혹시 저 아이들 배후에는 검은 손이 조종하고 있지는 않을는지? 철 따라 의례적인 라면 몇 상자 돈 몇 푼으로 매스컴에 오르내리는 지식층(?)과 기념 촬영하기 좋아하는 배우들이 저렇게 만들었는지도 모를 일이었습니다.

버스는 연속되는 운전기사의 욕 소리에 실려 다음 정류장에 이르렀습니다. '빨리 내려 임마' 하는 퉁명스럽게 내뱉는 기사의 말과 함께 겁에 질려 내리는 두 아이를 쫓아 나는 급히 내렸습니다. 우산을 펼쳐 드는 순간 두 아이는 빗속을 헤집으며 길 건너편으로 뛰고 있었습니다. 따끈한 오뎅 국물이라도 사주며 이야기나 했으면 하던 나의 맘이 애처롭게 느껴졌습니다. 더더욱 한갓 '재수 없는 날'로 넘겨버릴지도 모를 아이들의 비뚤어진 마음이 두려웠습니다.

시야에서 사라질 때까지 뒷모습만 바라보다 '괜스레 미리 내렸구나' 하며 다음 정류장까지 걷는 동안 빗자락이 더욱 굵어지자 급기야 차량 행렬과 사람 행렬은 서로가 쫓고 쫓기는 전쟁을 방불케 하고 있었습니다. 정류장에 다다르자 기다리던 또 다른 버스는 멈추고 많은 사람들이 풀려 나온 뒤 휑휑히 사라졌습니다. 우산을 접고 차에 용수철처럼 올라 빈자리에 앉았습니다. 차창에 묻어나는 물방울이 마치 평화로이 노닐고 있는 양떼처럼 보였습니다.

제법 물줄기를 이룬 빗물은 쓰레기 잡동사니들을 다 주워 담아 철창으로 된 하수도 입구로 꺽꺽 소리 지르며 빨려들고 있었습니다.

일미진중함시방一微塵中含十方이라던가 아침 일찍 약숫물 위에 떨어지는 꽃잎파리에도, 생생이 영글어가는 벼포기에 뒹구는 빗방울에서도, 빛 좋아라 모여드는 하루살이에도 물론이고, 너나 흘려버린 웃음 속에도 온 우주가 들어있는 것입니다. 모두가 우주를 떠받치고 있듯 하찮은 것 하나하나에도 관심을 가져 더불어 사는 '울'을 가꾸었으면 좋겠습니다.

도시 전체를 발가벗기는 이 여름비 지난 후 밝고 선善한 맘들이 아무데서나 파릇한 죽순처럼 돋아나 우는 체하는 아흔아홉 마리 양보단 음지에서 울고 있는 한 마리 양을 쓸어주었으면 합니다.

질주하는 버스 곁으로 미끄러져 가는 한 의상실 마네킹이 음지에서 울고 있는 한 마리 양같이 느껴져 차창 밖으로 몇 번이고 뒤돌아보았습니다.

설레는 가을

    단풍이 물들어 가는 화창한 10월 중순, 정오쯤 되어 평소 감수성이 풍부한 동료들과 함께 추진하고 있는 업무를 현지 확인 차 왕산 안반데기로 향합니다. 가을이 푹 익어가는 왕산골이 형형색색 빛을 발합니다. 나뭇잎들이 봄엔 햇빛을 받아들여 자양분으로 이용하였지만, 가을엔 햇빛을 반사시켜 흐르는 여울물에 몸을 맡긴 채 환희의 순간을 맞이합니다. 이렇듯, 봄은 어딘지 모르게 부족한 듯하지만, 가을은 내어 주는 여유와 아름다움이 있어 모두를 행복하게 합니다.

    가을볕에 타 들어가는 왕산골의 오후 풍경은 사랑하는 여인의 입술 같습니다. 보고 또 보아도 싫증나지 않는 홍조 띤 귓불의 솜털 같기도 합니다. 동료 차량 오디오에서 간간이 흘러 나오는 조용필의 〈바운스〉 노래가 흥을 살짝 돋웁니다. 앞에 승차한 두 미인들은 이미 선녀가 된 기분입니다. 주고받는 대화가 천상의 언어들입니다. 연잎에 이슬방울이 '또르륵' 굴러 흐르는 시어들입니다. 시인이 따로 없습니다. 계면쩍어서인지 뒷 좌석에 동승한 나에게도 한 수 읊으라고 교태를 부립니다.

유난히 빨갛게 물든 적단풍이 클로즈업됩니다. 흘려보내선 억울해서 못 배길 황홀한 이 순간을 수필이란 앵글에 담아보기로 합니다. 차창에 스치는 이 풍경 저 풍경들을 조각내어 퍼즐로 맞혀보지만 영 시원치 않습니다. 두 미인들의 맛깔스러운 언어가 더 솔깃하여 메모지 위로 펜이 나가질 않습니다.

나는 중후하면서도 맛깔스런 수필을 쓰고 싶습니다. 누에가 실을 풀어내듯 맘먹은 대로 잘 쓰이면 얼마나 좋겠습니까? 화려하진 않지만 자연스럽고 우아한 글을 쓰고 싶지만, 늘 중도에 포기하고 맙니다. 애시 당초 문학성이 부족한 제 탓을 해보지만 점점 더 감정이 메말라 가는 현실이 안타깝습니다. 오늘도 긁적이지만 황폐화된 맘의 벽에 막혀 글 한 줄 나아가지 못합니다. 단 한 줄이라도 무미건조한 글이 아니라 울림과 감동을 줄 수 있었으면 좋겠습니다.

고민을 거듭하는 사이 차량은 안반데기 정상에 도착합니다. 정상 주위의 나무는 제 잎을 하나둘 내려놓고 있습니다. 겨울나기를 위해 몸집을 줄여나가는 모양입니다. 그리곤 봄날 새싹을 틔울 자양분을 골고루 뿌리 위로 덮고 있습니다.

갑자기 밀려오는 옅은 구름이 우리들을 운유雲遊길로 안내합니다. 펼쳐진 광경에 눈이 시립니다. 면운와봉眠雲臥峰입니다. 잠자는 구름 위에 산봉우리가 누워있는 모습이랄까요. 지우기 아쉬운 풍경에 우리 일행들의 흔적을 덧칠합니다. 하루에 한 번씩은 마을에 내려오는 산 그림자 밟으며 사무실로 내려오는 중입니다. 오봉 댐 물속에 뛰어든 가을 산은 아름답습니다.

핸드폰 벨이 울립니다. "국장님, 어디세요? 손님이 기다리고 있습니다." "넵, 거의 다 도착 했습다." 오늘같이 설레는 가을의 일상은 가슴 한 켠에 담아 두기로 합니다.

하얀 눈

올겨울엔 눈이 유난이 많이 내립니다. 눈이 오면 어딘지 모르게 마음이 푸근해집니다. 함박눈이 나풀거리면 온 천지가 장엄한 오케스트라단으로 변합니다. 쌓이는 눈송이만큼 고요함은 더해져 욕망과 번뇌의 티끌들은 한 겹 한 겹 용해되어 갑니다.

함박눈은 편견과 욕심이 없습니다. 마음을 내뻗는 만큼 눈이 다가옵니다. 높은 곳이나 낮은 곳이나, 넓거나 좁은 곳에도 골고루 행복의 노래로 들려줍니다. 상한 나뭇가지 끝에 내려앉는 모습은 나비보다 예쁩니다. 앞산 중턱 푸른 소나무 등허리에 애무하기도 하고, 낮은 곳까지 찾아드는 눈의 숨소리는 어머님의 입김입니다. 이렇듯 눈은 흐트러진 우주 공간의 티끌들을 모두 담아 풋풋한 대지 위에 사랑과 자비를 베풉니다. 섬세하면서도 애틋한 엄마의 약손입니다. 무질서한 것 같으면서도 서로의 길을 열어주며 하강하는 눈들은 자리다툼 또한 없습니다. 이렇듯 하얗고 곱게 쌓인 눈 위에는 함부로 발자국을 남기기 두렵습니다.

나는 소복이 쌓인 눈 위를 걸을 때에는 꼭 다녀야만 하는 길만 밟으며 갑니다. 욕심 가득한 흔적을 많이 찍어놓는 것이 죄가 된다고 생각하기 때문입니다.

또한, 만날 수 없는 연인이 그립고 돌아가신 엄마가 보고 싶은 것은 나만의 일상이 아닐 것입니다. 오늘같이 하얀 눈이 대지를 덮고 한 줌의 햇살이 숨을 죽이는 해 질 녘이면 엄마가 더더욱 보고 싶어집니다. 하루를 마감하고 가족들의 끼니를 챙기시던 모습이 그립습니다. 야트막한 산 능선 밑 초가집 굴뚝으로 피워 올리던 연기가 생각납니다. 눈과 조화를 이룬 연기는 풋풋한 엄마의 향기를 하늘 한가득 흩뿌리곤 했습니다. 요즘은 연기를 볼 수 없습니다. 재래식 아궁이를 사용하는 집이 없기 때문입니다.

겨울이 깊어 갈수록 보고 싶은 사람은 더욱 보고프고, 그리운 사람은 더욱 그리워지는 것은 하얀 눈이 내리기 때문입니다.

도시 전체를 발가벗기는 이 여름비 지난 후 밝고 선한 맘들이
아무 데서나 파릇한 죽순처럼 돋아나 우는 체하는
아흔아홉 마리 양보단 음지에서 울고 있는 한 마리 양을
쓸어주었으면 합니다.

–「여름비 지나면」에서

~ 작품 해설 ~

수필문학은 내면의 세계를
거울을 비춰내듯 확인하는 일

지연희 | 한국수필가협회이사장

수필문학은 내면의 세계를
거울을 비춰내듯 확인하는 일

지연희 | 한국수필가협회 이사장

사실 체험한 삶의 의미를 한 권의 수필집 속에 투영해 내는 일은 대목大木의 장인이 지은 아담한 집 한 채와 다름 아니다. 나무가 땅속 깊이 뿌리를 내리고 기둥을 세워 가지에 잎을 돋아 올리는 일처럼 세상을 살아낸 한 사람이 이제껏 밟아온 삶의 여정을 진솔하게 응집해 내는 일이다. 슬프고 기쁘고 아름답고 행복한 희로애락의 가닥으로 짚어낸 이야기를 수필문학이라는 문학적 체계로 서술해 내는 이 일은 앞서 언급한 대로 장인의 영혼으로 투신한 혼신의 결과물이다. 다만 그 스스로의 삶의 이야기 속에는 자연의 아름다움을, 이웃한 삶의 배경들이 사유의 세계로 펼쳐져 세상 모든 존재들을 하나로 아우르는 물아일체의 깊이를 보여준다.

수필가 전규집의 수필집 『내 작은 공간』은 파릇이 돋아나는 나뭇가지의 새움처럼 순연한 정서로 빚어내는 문장의 아름다움을 체득하게 된다. 전규집 수필가는 현재 강릉시청 산업경제국장으로 재직하고 있으며 누구보다 성실하게 공무를 집행하는 존경받는 공무원이다. 수년간 틈틈이 써온 수필들을 모아 첫 수필집을 출간하는 결실의 기쁨이 남다를 것이라 믿는다. 무엇보다 봄빛 따사로운 문체로 다듬어진 수필들의 향취가 머지않은 봄을 부르고 있어 수필가로서의 내일을 보다 튼실히 내다보게 한다. 총 33편의 수필 모두 삶의 따뜻한 일화들이 구체적 시각으로 구사되어 가슴 밑바닥까지 공감하게 하는 훌륭한 작품들이다.

　"뭐 잊은 거 없수?" "없어. 갔다 올게요." 하면서 구두 앞쪽을 '탁탁' 찧으면서 신발 끈을 고쳐 맨 후 '쾅'하는 문소리만 남긴 채 출발을 하였습니다. 밤나무 한그루 제대로 피워내지 못하는 범부가 흔한 입맞춤이라도 가볍게 해 주고 올 걸 하는 아쉬움이 남습니다. 애정의 표시에 대한 무덤덤한 평소 성격 탓이랄까. 분위기라곤 전혀 파악 못하는 무심한 한 사내의 어눌한 처세술입니다. 크게 자본이 들어가는 것도 아니고, 희생이 강요되는 것도 아니련마는 아내에게 또 한 컷의 빚을 진 셈입니다.

　목적지에 다다르는 동안 퇴직하신 선배님이 하신 우스갯소리가 생각납니다. 이젠 아내와 함께 생활하자면 눈치를 많이 봐야 한답니다. 직장 다닐 때만 해도 아침마다 "여보, 국 식어요, 얼른 밥 먹어요" 하던 때가 그립다고 합니다. 그러나, 퇴직하고 나면 부인들이 모임에 나가면 누구는 삼식이니 이식이니 하면서 고달픈 신세타령을 하는가 하면, 쓸면 쓸수록 빗자루에 착 달라붙는 것은 낙엽이 에치롭다는 등 일그고 밑대는 수다를 떨며 픽사 나름대로의 스트레스를 풀기도 한답니다. '있을 때 잘하라'는 유행어를 섞어 가며 밤이 이슥할 때까지 막걸리 잔을 기울였습니다. 그래도 선배님의 말속에는 둘 만의 행복이 넘치는 듯하였습니다.

언젠가 애들도 다 제 살림 차려 나가면 달랑 남은 부부는 그만큼 외롭고 서로가 아껴주지 않으면 안 될 것입니다. 요즘 노후 부부의 유머 시리즈도 유행되고 있지만, 나도 몇 년 안 있으면 그네들과 별반 다를 게 없을 것입니다.

– 수필 「따끈한 삶을 위하여」 중에서

근무지에 도착하자마자 동료들과 함께 제설작업을 시작합니다. 늘상 그렇지만 집에 쌓여 있는 눈은 토끼길만 내는 것이 고작이지만 근무지 관내의 도로는 넓고도 말끔하게 치워서 차량과 통행인들에게 불편이 없도록 해야만 하는 것이 우리네 운명이자 사명감이 아니겠습니까.

종일토록 거리를 헤매며 폭설과 싸우다 이슥한 밤 찬 공기를 쏘이며 출근했던 그 길로 귀가 길에 오릅니다. 질퍽이는 거리는 이전투구장과도 같습니다. 제설 장비가 지나간 주도로는 검은 얼굴을 드러내고 있지만, 골목길엔 아직도 토끼길 하나 외롭게 뚫려있습니다.

다행히도 오늘 날씨가 푸근한 탓으로 많던 눈이 빨리 녹아 걷는 길이 미끄럽지가 않습니다. 요즈음은 도로가 개설되면 주차장으로 바꾸어 버리기가 일쑤이듯 제설된 도롯가로 자동차가 빼곡히 서 있습니다. 그저 이래저래 골탕을 먹는 사람들은 대중교통을 이용하는 서민들이 아닌가 싶습니다.

집 근처의 사이 길로 들어서자 허리만큼 차는 눈이 방향 감각을 무디게 합니다. 화부산속에는 태초의 고요가 흐릅니다. 아침 출근할 때의 토끼길 따라 집 앞에 도착하니 담장 옆에서 양손을 치켜들고 있는 나의 애마(자동차)는 잠에서 깨어날 기미가 없습니다. 며칠 푹 쉴 태세입니다. 불 켜진 창으로 저녁 어둠이 빠른 속도로 빨려듭니다. 눈을 싹싹 밀쳐 낸 계단을 밟고 이층 방으로 향합니다.

"힘들었죠? 허리 아파 죽겠어요. 애들이 미끄러질까 봐 이층 계단의 눈을 다 쳤더니…"

나의 육신이 쉴 수 있는 공간을 지켜주던 꽃 한 송이가 상을 찡그린 채 피어오릅니다. 나는 얼른 아내의 옷을 걷고 아픈 부위에 에어파스를 휘휘 뿌려줍니다. 구부린 아내의 등 너머로 실낱같은 흰 머리카락 몇 개가 눈에 뜨입니다. 그동안 너무 넓게 차지한 나의 빈자리를 지키느라 많은 애를 썼던 모양입니다.

- 수필 「내 작은 공간을 만들 때」 중에서

수필 「따끈한 삶을 위하여」는 오랜 세월 함께 가정을 이루고 살며 나이 들어가는 부부의 무뎌진 감성의 정도를 한 겹 한 겹 진단하듯 자분자분한 목소리로 들려주고 있다. 어느 날 승용차를 몰고 춘천을 향해 달려가다가 열린 차창으로 스며든 밤꽃 향기에 취하게 되면서 아침 현관에 배웅 나온 아내를 연상하게 된다. '뭐 잊은 것 없느냐'고 묻던 아내에게 '밤나무 한 그루 제대로 피워내지 못하는 범부가 흔한 입맞춤이라도 가볍게 해 주고 올 걸 하는 아쉬움'을 보여주는 이 수필은 애정 표시에 대한 무덤덤하고 분위기라곤 전혀 파악 못 하는 무심한 한 사내의 어눌한 처세술을 돌아보게 한다. 어느새 눈가 가느다란 주름이 잡힌 아내의 얼굴 주름을 잡아줄 화장품이라도 선물 하겠다는 '따끈한 삶을 위한' 정겨운 각오가 아름답게 다가온다.

'차디찬 겨울바람이 또 다른 벽을 만들어 창을 더더욱 견고하게 합니다. 밀려나는 세월의 끝자락에도 진통은 있어 길 떠나온 하루해가 홰를 칩니다.'로 시작되는 수필 「내 작은 공간을 만들 때」의 작품은 간밤 내린 눈으로 겪게 되는 도로변 하루의 불편한 일과를 들려주고 있다. 미끄러운 도로 위에 위험천만한 차량들과 소통부재의 질퍽한 도로를 제설하기 위한 노력들이 작가의 시선에 머물고 있다. 그러나 전규집 수필의 메시지는 어떤 모순의 갈피 속에서도 아름다운 작가의 감성이 살아나 눈 내린 도로의 불편을 보면서도 맑은 색체의 수채화를 감상하는 느낌이다. '"힘들었죠? 허리 아파 죽겠어요. 애들이 미끄러질까 봐 이층 계단의 눈을 다 쳤더니…." 나의 육신이 쉴 수 있는 공간을 지켜주던 꽃 한 송이가 상을 찡그린 채 피어오릅니다. 나는 얼른 아내의 옷을 걷고 아픈 부위에 에어파스를 휘휘 뿌려줍니다. 구부린 아내의 등 너머로 실낱같은 흰 머리카락 몇 개가 눈에 뜨입니다.' 라며 그동안 너무 넓게 차지한 남편의 빈자리를 지키느라 고생한 아내의 수고에 피워내는 위로의 몸짓이 따뜻하다.

몇 번의 계절이 알게 모르게 바뀌면서 우리 사회도 많은 변모를 거듭해 옵니다. 민선 자치시대 출범 후 정치, 경제, 사회 모든 면에서 많은 발전을 가져온 듯합니다. 각 자치단체마다 특색에 맞는 제도로 주민들의 복지증진을 위하여 최대의 행정서비스를 제공하기 위하여 온갖 힘을 쏟고 있습니다. 조직 개편 등을 통하여 행정 내부의 개혁을 꾀하는가 하면, 갖가지 아이디어를 동원하여 지역 주민들을 위하여 앞장서고 있으나, 기대에 미치지 못하고 있는 면도 있습니다.

주민들의 많은 욕구를 충족시키기 위해서는 무엇보다도 지방재정이 자신의 거울을 들여다보자 뒷받침되어야 한다는 것은 자명한 일입니다. 지방재정의 확충이야말로 지방자치의 하드웨어의 역할을 해내기 때문입니다.

요즈음같이 익으면 익을수록 고개 숙이는 저 벼 이삭에 '빠떼루'를 줄 수 없지 않을까. 오늘도 이름 모를 산골짜기에서 발원한 물줄기는 자기의 몸을 최대한 낮추기만을 거듭하다 기어코 대망의 바다에 다다르고 있습니다. 남을 탓하기보다 조금씩 양보하고 겸허한 자세로 풍성한 가을을 맞이하였으면 합니다. 우리 사회가 더 이상 척박해지지 않도록 자신의 거울을 들여다보았으면 합니다.

- 수필 「자신의 거울을 들여다보자」 중에서

'마음을 비운다.'고 많이들 외쳐댑니다. 혼탁한 정치판에서는 더더욱 유행어로 판을 치고 있습니다. 그러나 그네들의 마음은 소주병인지 잘도 비우고 재생도 잘 되어 또 다른 신상품으로 우리를 유혹하기 일쑤입니다. 그럴 때마다 짐작은 하면서도 늘 따라가며 살아가는 것이 소박한 우리네 인생인 듯합니다.

며칠 후면 벚꽃이 흩날릴 것입니다. 비움은 충만을 염두에 두듯, 우리 모두 가슴을 열어 퇴적된 욕심들을 날려 보내야겠습니다. 그리고 텅 빈 마음으로 화사한 봄을 맞이하였으면….

호수 끝에 다다라 제각기 수거한 잡동사니들을 한 곳에 모아두고 그 도로로 뒤돌아오는 나의 발걸음은 한껏 가벼웠습니다. 길가엔 쓰레기더미에 가려 뵈지 않던 연록색의 풀잎들이 갑작스런 햇살에 어느새 시들해 가고, 계절답지 않게 새털구름이 하늘 전체로 점점 자라고 있었습니다.

- 수필 「걱정」 중에서

수필 「자신의 거울을 들여다보자」와 수필 「걱정」은 공직자의 근무 과정에서 맞닥뜨리게 되는 사건 일화들이다. 사람사회의 한 일원으로 살아가는 과정 속 지켜야 할 질서와 양심에 대한 문제들을 거울을 들여다보며 확인하게 하는 수필이다. 자신을 거울 속에 비춰내듯 면밀히 들여다볼 수 있는 사람이 흔치는 않을 것이다. 그러나 간혹 사람들은 확인되지 않는 나를 비춰보기 위하여 노력하고 있다. 전규집 수필가는 강릉시청에 근무하는 공직자이다. 아무래도 근무처가 시민의 안녕과 평안을 관장하는 책무를 수행하는 사람들에겐 여러 가지 예상치 않은 문제들로 업무 질서를 혼란시키는 일들이 허다하여 어려움을 겪겠구나 생각하게 된다. 몸을 스치며 지나는 수많은 사람들 중 급박한 현대생활에 치여 자신을 돌아보지 않고 사는 사람들이 살고 있는 곳이 삶의 바다이다. 자신이 저지른 일이 법의 질서를 무너뜨려 선량한 소시민들에게 부끄러운 존재가 된다는 사실도 알아차리지 못하는 사람들이 있다. 이들에게 던지는 준엄한 꾸짖음이 이 두 편의 수필이다.

허튼 과시욕으로 세금을 포탈하면서도 외제차를 타고 고급 아파트에 사는 사람들이 있으며, 호숫가에 담배꽁초를 버려 자연을 훼손하는 사람들이 아무렇지 않게 존재한다는 것이다. 그러나 앞서 언급했듯이 전규집 수필은 어떤 모순을 드러내면서도 큰 목소리로 꾸짖지 않는다. 세상 아름다운 삶의 이치로 대변하고 가슴으로 느끼게 한다. '오늘도 이름 모를 산골짜기에서 발원한 물줄기는 자기의 몸을 최대한 낮추기만을 거듭하다 기어코 대망의 바다에 다다르고 있습니다. 우리 사회가 더 이상 척박해지지 않도록 자신의 거울을 들여다보았으면 합니다.(수필 「자신의 거울을 들여다보자」 중에서)' '길가엔 쓰레기더미에 가려 뵈지 않던 연록색의 풀잎들이 갑작스런 햇살에 어느새 시들해 가고, 계절답지 않게 새털구름이 하늘 전체로 점점 자라고 있었습니다.(수필 「걱정」 중에서)' 수필은 독자를 가르침으로 교시하려 하지 않는다. 다만 독자가 스스로 느껴 깨닫게 하는 문학 장르이다. 어쩌면 독자는 이미 나보다 더 높은 식견의 사람일 수 있는 까닭이다. 전규집 수필은 그런 면에서 독자에 대한 배려와 사려가 깊다.

칼바람이 휘휘 젓고 다니는 겨울이면 소금강은 위상을 드러냅니다. 묵직함은 물론이요, 그 기백 또한 으뜸입니다. 강가 버드나무는 겨우내 생명의 끈을 멈추지 않으려고 물길 질을 계속하다 지치기도 합니다. 뿐만 아니라, 햇살에 반사된 하얀 눈꽃의 아름다움에 눈이 멀어 길을 잃을 뻔 하는 경우도 있습니다. 행여나 소금강에 눈이 내리면 산을 찾는 이들로 인산인해를 이룹니다.

간혹, 폭설이 내려 소금강의 나무 꺾이는 소리를 들으면 가슴이 미어질 때도 있습니다. 먹이를 구하려는 산 짐승들의 애절함이 떠오르기 때문입니다. 그러나 그것도 잠시뿐, 길모퉁이에서 졸고 있던 장끼며 산길 옆에서 먹이를 받던 다람쥐들을 다시는 못 볼 것만 같지만 봄이 되면 어김없이 우리를 반깁니다.

이렇듯 소금강의 사계는 우리네 삶과 같이 합니다. 어린시절 부터 황혼기에 이르기까지 인생과 철학이 있는 곳입니다. 소금강은 자신의 존재를 때에 따라 한껏 알립니다. 때와 장소를 오버해서 나대는 몇몇 사람들같이 않습니다. 때가 오면 재촉하지 않아도 자신을 자랑합니다.

다음 주말에는 소금강엘 올라야겠습니다. 내가 자주 소금강을 찾는 이

유도 그 아름다움이겠지만, 또한 나타내지 않으면서도 언제나 반갑게 맞이하는 내 인생의 변치 않는 동반자이기 때문일 것입니다

- 수필 「내 인생의 동반자」 중에서

형수님께서는 늘 객지 나간 자식들 잘되기만을 빌며 살아가는 것이 낙이시랍니다. 줄곧 송아지에게만 눈을 주며 말씀하시는 형수님이 행복하게 느껴져 와락 손이라도 잡아 주고 싶습니다.

마구간 문을 닫은 형수님은 멍하니 서 있던 나를 안방으로 들어가자며 먼저 방 안으로 들어가십니다.

"괜찮아요. 마루에 앉지요 뭐, 형님은요?" "주무세요, 술이 좀…." 하며 걸레로 방을 훔치다 말고 전화 수화기를 오른쪽 귀에 대어보고 정성스레 얹어 놓으십니다. 금방이라도 '찌르릉' 벨 소리와 함께 "엄마! 어디 아프신 데 없으세요? 추석 때 집에 올라갈게요." 하는 울산 막내의 육성이 들려오는 듯합니다.

그날따라 방 한쪽 귀퉁이에서 곯아떨어진 채 숨을 몰아쉬는 형님 모습이 그렇게 작게 느껴질 수 없습니다. 가을걷이로 농자금 이자라도 갚으려던 형님의 소박한 꿈은 대폿집 아낙이 건넨 막걸리 몇 대접에 희석되어지고, 움푹 패인 등줄기로 식은 땀 질펀하기 십상일 것입니다. 한동안 마루에 앉아 있던 나는 "다음에 또 올게요, 형수님" 하며 뜨락을 내리 딛었습니다.

형님 댁이 자농자 백미러 밖으로 사라질 즈음 몇 번 '번쩍번쩍' 거리던

작품 해설

길옆 가로등 불이 막 들어왔습니다. 서걱 이는 밤하늘 끝으로 들려오는 '그
르릉 끄윽, 그르릉'하는 형님의 콧소리가 또 다른 풍성한 가을의 전주곡이
되어 가로등 불빛 아래로 잔잔히 맴돌고 있었습니다.

- 수필「형님의 가을」 중에서

수필문학이 독자와 친근한 거리에서 가까이 호흡할 수 있는 까닭은 삶의 편편들에 대한 공감의 폭이 증폭된다는 이유일 것이다. 마치 내게 있거나 있을 법한 이야기들이 사실감으로 다가와 진솔한 의미를 전달하고 있어서이다. 전규집 수필가는 잔잔한 시냇물처럼 고요히 흐르는 물결을 타고 세심한 감성과 수려한 필치로 이야기를 전하는 이야기꾼이다. 수필「내 인생의 동반자」는 소금강의 사계를 짚어내는 소금강 예찬이다. 생명의 꿈틀거림이 봄에서 겨울로 잇는 시간대별로 아름답게 전달하고 있어 수필 속 언어를 따라가는 것만으로 소금강의 총체를 세심하게 들려주고 있다. '소금강의 흐르는 물소리엔 생명의 탄생을 알리는 울림이 있을뿐더러, 늘 다그치지 않으면서 기다리는 유연한 삶의 멋이 있습니다. 돌고 돌아가는 물굽이로 높은 곳은 돌아가고 막힌 곳은 쉬기도 하면서 가장 낮은 곳을 찾아 흘러가는 소금강물엔 이처럼 겸손함이 배어 있습니다.' 유독 낮은 곳을 향한 삶의 겸손을 여러 편의 수필에서 언급하는 전규집 수필은 '소금강=자화상'으로 지칭할 만큼 낮은 곳으로의 흐름은 이 수필집의 총체적 메시지가 아닌가 생각하게 된다. '가장 낮은 나를 만들 수 있는 때문'이라는 것이다.

수필을 감상할 땐 첫인상으로 감각되어지는 도입부 분단에 주목하게 되는데 전규집 수필에서 전반적으로 느낄 수 있는 도입부 문단의 감성은 수필 「형님의 가을」에서도 여지없이 드러나고 있다. 마치 한 편의 시를 감상하듯 형상화된 의미의 구체적 이미지들이 독자의 시선을 끌어내고 있다. "바스락'하는 소리가 제법 크게 들려오는 탓인지 오가는 이들의 걸음걸이가 멈칫멈칫 거릴 때가 많이 있습니다. 이른 새벽 거리를 나서면 달빛에 시들은 많은 가로수 잎들이 선율을 그리며 무리 지어 떨어져 있습니다.' 이 두 문장으로 이어진 짧은 그림의 인상은 주제를 전제로 한 임팩트와 같이 매우 주목하지 않을 수 없다. 수필 「형님의 가을」은 지난여름 A급 태풍으로 해일이 일어나고 천둥 번개를 동반한 폭풍우가 형님의 한 해 농사를 망쳐 놓은 이야기이다. 불현듯 안부가 궁금하여 찾아간 형님은 술에 취해 코를 골고 누워 있고 누렁이 먹이를 주고 있던 형수와 주고받던 대화만으로 집으로 돌아오고 만다. 서걱이는 밤하늘 끝으로 들려오는 '그르릉 끄윽, 그르릉' 형님의 콧소리를 안타까움으로 듣는 아우의 근심을 손끝으로 느끼게 된다.

나는 20여 년 전 이 지역으로 이사 온 뒤 한 이발소만 다니고 있지만, 이발소를 바꾸기란 그리 쉽지 않습니다. 마치 살던 집을 버리고 다른 곳으로 이사를 가는 짓 같이 어색합니다. 어떤 이들은 낯익은 이웃들에게 알봄을 보여주기가 민망해서 동네 목욕탕을 기피하고 멀리 있는 목욕탕을 애용한다고 합니다. 탕 안에서 이웃들과 두런두런 세상 얘기 하는 맛을 모르기 때문일 겁니다. 허긴, 대다수 사람들은 수도꼭지 앞에 앉아서 곳곳을 깨끗하게 씻어내느라 바쁜 시간을 보내지만, 어떤 남정네들은 물속이나 찜질방엔 들어가지 않고 뒷짐 진 채로 목욕탕 안을 이리저리 돌아다니는 사람도 있다고 합니다.

말끔히 샤워를 하고 난 후 이발한 머리를 말리고 크림을 바르려는데 바닥을 쓸고 있던 이발소 주인아 음료수를 건넵니다. 그동안, 왼손으로 면도와 가위질 잘 참 잘한다고 생각했는데 오른손에 빗자루가 들려있습니다. "사장님 원래 왼손잡이세요?" "아닙니다. 오른손잡인데요!" 합니다. 20여 년이 지난 오늘, 거울 속 이발사의 손놀림은 왼쪽과 오른쪽 방향이 반대로 비친다는 사실을 알았습니다.

— 수필 「거울 속 이발사」 중에서

시야에서 사라질 때까지 뒷모습만 바라보다 '괜스레 미리 내렸구나' 하며 다음 정류장까지 걷는 동안 빗 자락이 더욱 굵어지자 급기야 차량 행렬과 사람 행렬은 서로가 쫓고 쫓기는 전쟁을 방불케 하고 있었습니다. 정류장에 다다르자 기다리던 또 다른 버스는 멈추고 많은 사람들이 풀려 나온 뒤 황황히 사라졌습니다. 우산을 접고 차에 용수철처럼 올라 빈자리에 앉았습니다. 차창에 묻어나는 물방울이 마치 평화로이 노닐고 있는 양떼처럼 보였습니다.

제법 물줄기를 이룬 빗물은 쓰레기 잡동사니들을 다 주워 담아 철창으로 된 하수도 입구로 걱걱 소리 지르며 빨려들고 있었습니다.

일미진중함시방—微塵中含十方이라던가 아침 일찍 약숫물 위에 떨어지는 꽃잎파리에도, 생생이 영글어가는 벼 포기에 뒹구는 빗방울에서도, 빛 좋아라 모여드는 하루살이에도 물론이고, 너나 흘려버린 웃음 속에도 온 우주가 들어있는 것입니다. 모두가 우주를 떠받치고 있듯 하찮은 것 하나하나에도 관심을 가져 더불어 사는 '울'을 가꾸었으면 좋겠습니다.

도시 전체를 발가벗기는 이 여름비 지난 후 밝고 선善한 맘들이 아무 데서나 파릇한 죽순처럼 돋아나 우는 체하는 아흔아홉 마리 양보단 음지에서 울고 있는 한 마리 양을 쓸어주었으면 합니다.

질주하는 버스 곁으로 미끄러져 가는 한 의상실 여장 마네킹이 음지에서 울고 있는 한 마리 양같이 느껴져 차창 밖으로 몇 번이고 뒤돌아보았습니다.

　　　　　　　　　　　　　　　　　　－ 수필 「여름비 지나면」 중에서

수필 「거울 속 이발사」는 인식의 착오로 느끼는 오해를 20년이라는 시간이 흐른 뒤에야 감지하게 되었다는 내용이다. 거울에 비친 이발사의 손놀림이 왼손잡이의 어눌한 그것이어서 늘 불안해했지만 큰 문제를 삼지 않았다기 20년의 시간이 지난 현재 이발사는 오른손잡이로 다만 거울 속에 비친 착오였다는 사실을 확인하게 된다. 전규집의 수필을 총체적으로 감상하면서 필자가 느낄 수 있는 작품 속 화자의 사유의 깊이를 다소나마 언급할 수 있다면 수필가 전규집의 영혼의 빛깔은 발자국 찍히지 않은 하얀 눈밭의 원형질이라는 생각이다. 사회 귀범과 원칙이 살아있고 순수와 정도를 지키는 영혼의 주인이라고 믿는다. 한 번 믿음을 주면 변치 않는 생각들과 가난하거나 소외된 계층의 사람들에게 손 내미는 이웃사랑들이 많은 수필의 곳곳에서 숨을 쉬고 거울 속 이발사를 바라보는 믿음처럼 머물고 있다는 것이다. 이는 한 사람의 수필가가 스스로의 작가정신으로 무장한 중심축이며 흔들리지 않는 자존의 힘이다.

수필 「여름비 지나면」은 비 오는 거리를 지나 버스를 타고 만나게 되는 사람들 속에서 시각으로 포착한 대상들에 보내는 관심과 배려이다. 많은 시인들은 비를 슬픔의, 아픔의, 절망의 상징적 언어로 대치하고 있다. 이 수필 속에서 들어난 '여름비'는 지폐를 눈속임하여 거스름돈을 갈취하는 수법으로 범죄를 저지르는 열두 살 소년들의 슬픔이며 아픔의 현주소였다. 이들의 모순된 행위에 대한 측은지심으로 화자는 아이들 뒤를 좇아 버스에서 내리지만 결국 뒤돌아서고 만다. 그리고 다시 다음 버스에 올라 화자는 하느님의 가르침 속 한 마리 무리에서 낙오된 양에 머무는 사랑을 만나고 있다. '도시 전체를 발가벗기는 이 여름비 지난 후 밝고 선^善한 맘들이 아무데서나 파릇한 죽순처럼 돋아나 우는체하는 아흔아홉 마리 양보단 음지에서 울고 있는 한 마리 양을 쓸어주었으면 합니다. 질주하는 버스 곁으로 미끄러져 가는 한 의상실 여장 마네킹이 음지에서 울고 있는 한 마리 양같이 느껴져 차창 밖으로 몇 번이고 뒤돌아보았습니다.'라며 수필의 매듭은 마무리된다.

수필문학은 수필가의 내면의 세계를 거울을 비춰내듯 확인하게 된다. 그가 지닌 사고思考와 삶의 철학에 공감하게 될 때는 마음을 열어 손쉽게 다가서게 된다. 손을 잡고 작품 속 의미들과 소통의 다리를 좁히게 된다. 오늘 전규집 수필집의 읽기를 접으며 느낄 수 있는 기쁨은 참으로 진솔한 삶을 살아가는 '사람'을 만날 수 있었다는 점이다. 자칫 자신의 아집 속에서 내 이웃에 대한 시선 주기에 인색한 삶을 살기 쉽지만 거침없이 세상에 내미는 관심이 아름답다. 작품해설에 언급하지 못한 많은 수필들의 훌륭한 가치에 치하를 드리며 다시금 시작될 전규집 수필의 내일에 기대를 모은다.

내 작은 공간

전규집 수필집